Small Step

하루 10분, 나를 발견하는 시간
스몰 스텝

초판 1쇄 펴냄 2018년 3월 9일
11쇄 펴냄 2023년 9월 1일

지은이 박요철

펴낸이 고영은 박미숙
펴낸곳 뜨인돌출판(주) | 출판등록 1994.10.11.(제406-251002011000185호)
주소 10881 경기도 파주시 회동길 337-9
홈페이지 www.ddstone.com | 블로그 blog.naver.com/ddstone1994
페이스북 www.facebook.com/ddstone1994 | 인스타그램 @ddstone_books
대표전화 02-337-5252 | 팩스 031-947-5868

ISBN 978-89-5807-678-0 03810

하루 10분, 나를 발견하는 시간

스몰 스텝

박요철 지음

뜨인돌

프롤로그

작아서 가능했던 실천의 기록, 스몰 스텝 이야기

나는 평범한 사람이다.

평범한 대학을 나왔다. 나름의 인지도는 있었지만 대기업이 아닌 작은 회사를 다녔다. 성실하게 일했다. 하지만 눈에 띄는 성과나 내세울 직함을 얻지는 못했다. 나는 그것이 뭔가 '잘못된' 삶이라고 생각했다. '열심'과 '노력'이 부족하다고 생각했다. 수많은 자기계발서를 읽었다. 적지 않은 기간 동안 좌절과 불면의 시간을 보냈다. 그러나 딱히 답이 보이지 않았다.

스몰 스텝을 시작했다.

매일 아침 일기를 쓰고 영어 단어를 외웠다. 좋은 글을 필사하고 팟캐스트를 들었다. 산책을 하고 좋아하는 음악들을 선곡해 나만의 앨범을 만들었다. 매일 10분을 넘기지 않는 '작은 실행'들을 반복했다. 내가 좋아하고 내게 필요한 목록들이 하나둘씩 늘어갔다. 소소한 성취감이 소리 없이 쌓이기 시작했다. 부담 없이 시작했기에 지속할 수 있었다. 대단한 목표나 기대가 없었기에 그럴 수 있었다. 그렇게 3년이 흘렀다.

브런치에 글을 썼다.

3년 동안 겪은 변화들을 조금씩 써내려갔다. 처음엔 아무도 관심을 보이지 않다가 시간이 흐르면서 주목하는 사람이 늘어났다. 급기야 수천, 수만 명이 읽고 공유하고 댓글을 남기는 순간들이 찾아왔다. 강의 의뢰와 새로운 만남이 이어졌다. 취준생이나 스타트업, 재취업을 고민하는 사람들이 눈을 반짝이며 들어주었다. 그렇게 만난 사람들과 모임을 했다. 연령대는 달랐지만 고민은 비슷했다. 나는 누구인가, 무엇을 하며 어떻게 살 것인가, 어떻게 하면 좋아하는 일을 하며 살 수 있을 것인가. 그들과 함께 고민하고 얘기하고 때로는 토론했다. 그리고 그들 깊은 곳에 숨은 한 가지 소망을 읽을 수 있었다.

나답게 살고 싶다.

그들이 바라는 건 한마디로 '나답게 살고 싶다'였다. 다른 누군가가 기대하는 '비범하고 특별한 삶'이 아닌 '나다운 삶'을 살고 싶다는 거였다. 하지만 이 말의 의미는 모호했다. 나답다는 것은 오직 그 사람만이 알 수 있는 것이니 당연했다.

그래서 스몰 스텝을 제안했다. 매일 자신이 좋아하고 끌리는 소소한 일들을 실천해보면 어떨까. 공교롭게도 우리가 닮고 싶어 하는 삶을 사는 사람들이 실제로 스몰 스텝을 실천하고 있었다. 그들은 매일 아침 반복하는 일이 있었다. 이불을 정리하고 명상을 한다. 좋아하는 음악을 듣고 산책을 한다. 몰입할 수 있는 시간에 좋아하는 일을 한다. 누군가는 그것을 '리추얼'이라고 부른다. 내가 3년 동안 지속해온 스몰 스텝도 같은 방향성을 추구한다.

나는 달라졌다.

'평범함'을 있는 그대로 받아들이기로 했다. 그랬더니 성공한 친구나 누군가의 삶을 덜 부러워하게 되었다. 내가 좋아하고 잘할 수 있는 일에 집중하니 남과 비교할 시간이 없었다. 매일 소소하게 실천하는 스몰 스텝이 내가 정말 좋아하고 잘하는 일을 찾아주었다. 영어 단어를 매일 외우다 보니 어느 날 영어로 된 강연을 조금씩 알아들 수 있게 되었다. 영화 한 편을 자막 없이 보기 시작했다. 그 자신감으로 일어 단어를 외우기 시작했다. 간간히 보이는 일어들을 부지불식간에 읽어낼 때가 있었다. 그 작은 만족이 조그만 흥분을 불러왔다. 영어나 일어를 '마스터'하려

했다면 진즉에 좌절했을 것이다. 나는 지금도 욕심 없이 매일 다섯 단어를 외운다. 좋아하는 음악을 모으고, 좋아하는 글을 따라 쓴다. 그러면서 내 안에 조금씩 '할 수 있다'는 자신감이 붙기 시작했다.

자존감이 높아졌다.

다른 누구보다 '낫다'는 '자신감'과는 다른 '자존감'을 경험하기 시작했다. 매일 10분의 작은 실천을 몇 년간 계속한 결과였다. 내가 좋아하고 하고 싶은 소소한 일들이 점점 더 많아지기 시작했다. 스몰 스텝은 작지만 지속가능한 기쁨과 만족, 행복감을 선물했다. 그리고 그렇게 조금씩 높아진 자존감은 삶의 에너지로 차곡차곡 충전되기 시작했다.

당신은 어떤 삶을 살고 싶은가?

다른 누군가가 기대하고 바라는 그런 삶 말고, 당신이 살고 싶은 삶은 어떤 삶인가. 그리고 그것을 이루기 위해 지금 무엇을 하고 있는가. 나는 지금 내가 좋아하는 일을, 잘할 수 있는 일을, 좋아하는 사람들과 함께 하며 살고 있다. 회사를 나와 혼자 일하게 되었지만 함께 일하는 사람들은 더 많아졌다. 그들과 모여 함께 고민하고, 책을 쓰고, 팟캐스트를 하고, 강의를 하고, 프로젝트를 추진한다. 밤을 새거나 좌절을 느낄 때도 있지만 크게 힘들지 않다. 왜냐하면 '내가 주인인' 삶을 살고 있기 때문이다.

직장인으로 일한 17년보다 지난 1년 혼자 일하는 동안 더 많은 성장을 경험했다. 그리고 이 모든 것이 가능했던 출발점에 스몰 스텝이 있었다. 매일 세 줄을 쓰기로 결심했던 순간, 버스를 타지 않고 걷기로 결심했던 순간, 매일 영어 단어를 5개씩 외우기로 했던 순간부터 변화는 시작되었다.

지금도 나는 평범한 사람이다.

큰돈이나 대단한 명성과는 여전히 거리가 먼 평범한 삶을 살고 있다. 그러나 그 '평범함'을 '비범함'으로 바꾸는 비밀을 알게 되었다. 그것은 바로 '나답게 살아가는' 삶이다. 나답게 산다는 것은 자신이 좋아하고 잘하는 일을 하는 삶이다. 자신만의 개성과 취향, 철학을 가지고 사는 삶이다. 나답게 사는 이들은 음식 하나, 책 한 권, 모임 하나를 나가더라도 자신만의 기준이 있다. 그 기준을 세우기 위해 더 많은 경험을 한다. 타인을 존중하지만 맹목적으로 따라가진 않는다. 이런 삶을 가능케 하는 것은 실천과 경험 외엔 다른 방법이 없다. 그것도 오랜 기간 쌓인 '축적의 시간'이 있어야 가능하다. 공부처럼 삶에도 왕도는 없다. 그러나 매일 조금씩 실천할 수는 있다. 그것이 바로 스몰 스텝이다.

이 책은 3년간의 스몰 스텝 실천기다.

내가 한 것들만 기록하려고 애썼다. 그 과정에서 겪은 어려움들도 가감 없이 썼다. 보통의 자기계발서처럼 놀랍고 대단한 변화를 열거하지 않았다. 내가 실제로 경험한 소소하고 작은 변화들만을 기록했다. 내가 할 수 있었기에 누구라도 할 수 있는 내용들만 쓰려고 했다. 어쩌면 그것이 이 책이 다른 책들과 가장 구분되는 지점인지도 모른다. '평범한' 한 사람이 써내려간 실천의 기록. 그런데 이제 보니 그것이 내 삶을 조금씩 '비범하게' 만들어가고 있었다. 여기서 말하는 '비범함'은 '특별함'이 아니다. '남다름'이다. '나다움'이다. 나는 그렇게 조금씩 나다운 삶을 살아가고 있다. 그것이 스몰 스텝이 내게 준 가장 크고도 고마운 선물이다. 이 선물을 당신과도 나누고 싶다.

이것저것 다양한 시도를 해보지만 좀처럼 변하지 않는 게 사람이다. 하지만 저자는 오랫동안 스몰 스텝을 실천하면서 변화가 가능하다는 사실을 증명했다. 변화를 꿈꾸는 분들에게 꼭 필요한 책이다.

윤석장_ 모바일 메신저 라인 플러스 기획 팀장

변화를 결심하고 실천하며 자기만의 성공을 맛보는 사람들에게서 발견할 수 있는 공통된 비밀이 있다. 스몰 스텝에 그 비밀이 있다.

배운철_ 자기고용학교 소장

운동하러 가기 싫을 때, '운동복만 입어도' 나를 칭찬했다. 책을 읽기 싫을 때, '잠자리에서 책 한 줄만 읽어도' 나를 칭찬했다. 나를 비난하고 채찍질하기 바빴던 내가 자신에게 너그러워지는 기적이 일어났다. 스몰 스텝을 꾸준히 했을 뿐인데, 압박감에 눌려있던 내 마음에 만족할 줄 아는 여유가 생기기 시작했다.

박보혜_ 커뮤니케이터

늘 어떻게 하면 '남들만큼' 살 수 있을까 고민했다. 남들과 비교하기 바빴고, 덕분에 자존감은 나락으로 떨어졌다. 그런데 스몰 스텝을 만난 이후로는 비교 대상 자체가 바뀌었다. 스몰 스텝에서의 비교 대상은 바로 '어제의 나'다. 어제의 내가 하지 않은 것을 오늘의 나는 하면 되고, 어제의 나는 하나를 했지만 오늘의 나는 두 개를 하면 되는 것이 스몰 스텝이다. 덕분에 공부도, 글쓰기도, 그림도 꾸준히 하게 되었다. 오늘 '이만큼' 했구나 하는 작은 성취가 곧 내 일의 에너지가 되는 것이 바로 스몰 스텝이다. 배효진_ 마케터

삶의 방향성에 대해 고민하던 중 우연한 기회에 스몰 스텝을 알게 되었다. 스몰 스텝을 통해 '나'를 들여다볼 수 있었다. 자신이 어떤 사람인지, 가장 좋아하는 것이 무엇인지에 대한 답을 찾으려는 분들에게 이 책을 추천한다. 곽은욱_ 회사원

스무 번이 넘게 불합격 통보를 받으면서 자존감이 낮아질 대로 낮아져 있었다. 그때 스몰 스텝을 만났다. 세 줄 일기를 꾸준히 쓰면서 방치해두었던 자신을 돌볼 수 있게 되었다. 김유림_ 취업준비생

타인의 시선에 지칠 때쯤 스몰 스텝을 시작했다. 그런데 스몰 스텝을 할수록 나는 타인이 아닌 나로 인해 지쳐있었다는 걸 깨달았다.

괜찮은 사람으로 인정받고 싶어 타인의 시선으로 나를 바라보고 있었다. 스몰 스텝은 나를 있는 그대로도 괜찮다고 말해줬다.

이주현_ 청소년 지도사

세상에 나만 멈추어 있는 것 같은 하루가 계속되더니 슬럼프가 찾아왔다. 우연히 스몰 스텝을 알게 되었고, 작은 것을 하나하나 실천하면서 다시 앞으로 나아가고 있다.

황용현_ 프로그래머

스몰 스텝은 평범한 오늘을 살면서 특별하고 빛나는 내일을 맞게 해준다. 작고 평범하고 사소한 것들을 꾸준히 반복할 때 생기는 힘은 생각보다 크고 아름답다.

김미경_ 스몰 스테퍼

좋은 직장을 얻는 일에 온 신경이 쏠려 다른 걸 하면 매우 불안하던 때, 스몰 스텝을 알게 되었다. 좋아하는 것들을 끄집어내어 매일 조금씩 실천하기 시작했다. 스몰 스텝을 통해 소소한 기쁨을 느꼈고, 내가 좋아하는 것과 그렇지 않은 것을 더 잘 알게 되었다. 이제 무작정 좋은 직장, 보기에 괜찮은 일보다는 내가 잘할 수 있고 좋아하는 일을 찾고 있다. 스몰 스텝에서 시작된 작은 변화는 결코 작지 않았다!

최선주_ 스몰 스테퍼

막연히 변하고 싶어서 이것저것 알아보던 차에 만난 스몰 스텝. 내 인생에 있는 중요한 가치들을 찾아가면서 그 의미가 커졌다. 매일 매일 나를 조금씩 채워가는, 말 그대로 스몰 스텝! 하루를 마무리할 때 체크한 항목들은 나 자신을 위해서 보낸 시간이란 걸 보여준다. 스몰 스텝 모임을 통해 사람들과 다양한 경험을 나누고 서로 응원하는 시간들 또한 행복하다.

민재원_ 스몰 스테퍼

어느 날 문득 내가 누군지 뭘 위해 이렇게 열심히 살고 있는지에 대한 의문이 생겼다. 그즈음 스몰 스텝을 만나 날 돌아보게 되었고, 내가 진짜 좋아하는 게 무엇인지 내가 잘하는 것이 무엇인지 뭘 해야 행복한지 알게 되었다.

조원경_ 메이크업 아티스트

내가 진짜 하고 싶은 사소한 것부터 하나씩 실행에 옮기기 시작했다. 스몰 스텝을 시작하면서 점점 나답게 살아가고 있다.

김은송_ 디저트 카페 대표

하루하루 똑같이 지나가는 일상은 지루했다. 그저 시간이 흐르는 대로, 그저 주어진 일만 할 뿐이었다. 그러다 문득 생각했다. 과연 이렇게 살아도 되는 걸까? 스몰 스텝을 하고 난 이후부터 일상 속 시간들을 나만을 위해 사용하고 내가 좋아하는 것에 투자했다. 그랬더니 나를 행복하게 하는 것들이 일상 속에 자리 잡았다.

전소영_ 대학생

좋은 습관을 하나라도 만들어보자는 마음으로 시작했다. 스도쿠처럼 소소한 것도 적어놓으니 생각보다 실천할 수 있는 것들이 많았다. 실천이라는 단어에 부담을 느끼지 않고 가벼운 마음으로 나에게 필요한, 내가 하고 싶은 것들로 행복한 습관을 만들어나가고 있다.

차유진_ 스몰 스테퍼

차례

3장 스몰 스텝, 실천의 기록 2

4장 가장 나다운 삶을 찾아서

5장 스몰 스텝, 위기를 만나다

6장 일터에서의 스몰 스텝

NOTE

1장

스몰 스텝은 이렇게 시작되었다

나를 만나는 시간,
세 줄 일기

나의 대표(!) 스몰 스텝은 세 줄 일기다. 매일 아침 일기 세 줄을 쓴다. 어제의 좋지 않았던 일, 좋았던 기억, 그리고 오늘의 다짐을 한 줄씩 쓰는 것이다. 길면 10분, 빨리 쓰면 5분이면 족하다. 그렇게 몇 달을 꾸준히 쓰다 보니 나만의 작은 습관으로 자리 잡기 시작했다. 아침에 못 쓰면 일하다가도 짬을 내 세 줄을 쓴다. 그것도 안 되면 잠들기 전에라도 쓰려고 한다. 정 쓸 내용이 없을 때는 비워두기도 한다. 그러나 그런 날은 1년에 두어 번 정도다.

사실 세 줄 일기는 많이 알려진 기록법이다. 하지만 이보다 자신을 제대로 들여다볼 수 있는 방법은 찾기 힘들 것이다. 이 방법을 처음 제안한 일본인 의사는 7줄짜리 차트 쓰는 법에서 아이디어를 얻었다. 7줄로 환자의 상태를 정리해놓으면 한눈에 알아볼 수 있었던 것이다. 나도 내 상태에 대한 차트를 보고 싶었다. 막연한 기대감에 세 줄 일기를 시작했다.

나를 발견하는 아주 사소한 습관

세 줄 일기를 계속 쓰던 어느 날, 지난 글들 속에서 특이한 점을 발견했다. 나는 늘 대인관계와 소통을 어려워하는 사람이었는데, 바로 그 관계 속에서 가장 큰 만족과 에너지를 얻고 있었다. 그리고 불편한 이웃, 약속을 지키지 못했던 클라이언트에 대한 미안함, 아내에게 짜증을 내고 난 후의 깊은 후회가 세 줄 일기에 적나라하게 드러났다.

같은 실수를 반복하기도 했다. 잠깐 쉬자며 티브이를 켜는 순간 그날의 가장 중요한 시간들이 휘발되는 일들이 반복됐다. 밀린 청소를 하거나, 아이들과 놀아주거나, 책을 읽어야 할 시간들이 그렇게 사라지고 있었다. 쓸데없는 고민과 걱정도 반복됐다. 세 줄 일기에 고스란히 드러나 있어서 부정할 수도 없는 노릇이었다. 그게 바로 평소에는 잘 알지 못했던 '진짜' 내 모습들 중 일부였다. 내 진짜 상태를 보여주는 일종의 '차트'인 셈이었다.

일기의 단점을 말하는 사람들도 있다. 잊어도 좋을, 힘들고 아픈 과거들을 의도치 않게 끄집어낼 수 있는 위험 때문이다. 하지만 세 줄 일기는 그럴 위험성이 없다. 첫 줄의 좋지 않은 일들은 반드시 그다음 줄의 좋은 기억으로 상쇄되기 때문이다. 게다가 마지막 줄은 내일에 대한 기대와 다짐, 계획으로 마무리된다. 세 줄 일기를 쓰면서 상념에 빠지는 일은 거의 없다. 오히려 한결 가벼운 마음으로 하루를 시작하거나 잠자리에 들 수 있다.

세 줄 일기는 그렇게 내 삶을 조금씩 심플하고 가볍게 바꾸어 갔다. 한동안 유행했던 '정리정돈'과 '심플 라이프'의 쓰기 버전이라고나 할까. 내가 세 줄 일기를 매일 빼놓지 않고 쓰는 가장 큰 이유는 '내가 누구인지'를 알 수 있게 해주기 때문이다. 세 줄 일기는 나에 대한 아주 세밀하고 선명한 정보들을 보여준다.

자극에 반응하는 내 모습 들여다보기

우리는 매일 다양한 사건과 자극에 노출된다. 좋은 일도 있고, 그렇지 않은 일은 더 많다. 우리는 본능적으로 그 사건과 자극 자체에 집중할 때가 많다. 그런데 실제로는 그 자극에 반응하는 내 모습이 진짜 나를 말해준다. 같은 기회와 위기를 맞닥뜨려도 사람들은 기질과 상황, 가치관에 비추어 전혀 다르게 반응한다. 세 줄 일기에 기록하는 좋은 일과 좋지 않은 일은 자극에 반응하는 내 모습을 적나라하게 보여준다. 그것이 지금의 내가 누구인지를 말해주고, 미래의 내 모습을 만들어가며, 다른 사람과 구별되는 가장 '나다운' 모습을 드러낸다. 그것도 매우 선명하게! 세 줄 일기가 '가장 나다운 모습'을 발견할 수 있도록 도와줄 거라는 확신이 들면서 나는 세 줄 일기를 삶의 전반으로 확장하기 시작했다.

세 줄 일기 활용법

금요일 저녁이나 토요일 느지막한 아침 시간이면 한 주 동안 쓴 '세 줄 일기'를 꺼내 다시 읽는다. 때로는 1년 전에 쓴 일기를 꺼내 다시 읽기도 한다. 이런 시간이 조금씩 쌓이면서 객관적으로 나 자신을 볼 수 있게 되었다. 그렇게 만나는 기록 속의 나는, 그러니까 한 주 전, 혹은 1년 전의 나는 지금의 나와 같기도, 다르기도 했다.

어마어마한 변화는 없었지만 혹시나 하는 마음에 그 내용들을 엑셀로 옮겨 적어보았다. 내가 무엇에 끌렸고, 무엇에 에너지를 빼앗기는지 궁금해서였다. 다시 말하면 나를 움직이는 힘이 무엇인지 알고 싶었다. 1년여 간의 세 줄 일기 중 반복되는 내용들을 노트에 옮겨 적어보니 다음과 같은 리스트가 나왔다. 결과는 조금 뜻밖이었다.

만남과 소통, 교감 있는 대화 / 46회

미루는 습관, 나태함 / 42회

가족들에게 짜증, 화냄 / 25회

관계, 소통의 불편 / 20회

산책 등 스몰 스텝에 관한 것들 / 17회

용기 있는 도전 / 13회

걱정과 염려 / 6회

나 자신과 주변 사람들이 나에 대해 공통적으로 하는 이야기는 사람 만나기를 즐겨하지 않는다는 것이다. 친한 친구와 약속을 해놓고는 당일에 핑계를 대고 나가지 않을 정도였다. 딱히 그 친구가 싫어서가 아니다. 그저 '혼자 있는 시간'이 남들보다 더 많이 필요할 뿐이었다. 누군가와 함께 일하는 것 자체가 피곤하고 어려웠고, 혼자 몰입해서 일하기를 훨씬 좋아하는 타입이었다. 그렇게 일하는 편이 훨씬 더 좋았다. 그런 내가 만남과 소통, 교감 있는 대화에서 가장 큰 삶의 에너지를 얻고 있었다니….

또 한 가지 놀랐던 점은 가족들을 대하는 나의 태도였다. 세 줄 일기에 쓰인 솔직한 기록은 1년에 무려 25번이나 짜증을 부리고 화를 내는 모습을 적나라하게 드러냈다. 평소엔 조용하고 얌전한 스타일이지만 임계점을 넘으면 무섭게 화를 내는 나를 모르지 않았다. 하지만 한 달에 두어 번은 꼬박꼬박 그랬었다니. 받아들이기가 쉽지 않았다. 나도 몰랐던, 혹은 외면하고 싶었던 '진짜 나'를 맞닥뜨린 기분이었다.

내 안에 숨은 욕구 알아채기

하루는 친한 회사 동료가 '비폭력 대화' 세미나를 다녀온 후 배운 내용을 상세히 설명해주었다. 건강한 대화법을 가르치는 프로그램이면서 동시에 인간의 숨은 '욕구'를 다룬다는 점이 흥미로웠다. 그때의 기억이 문득 떠올라 동료가 준 '욕구 리스트' 카드를 앞에 두고 내가 써온 일기를 그들의 언어로 정리해보았다. 그랬더니 나는 이런 사람이었다.

'마음의 여유'와 '삶의 질서'가 중요하고
'새로운 발견과 자극'을 통해 '배우고 성장'하기를 즐기며
'삶의 의미와 보람'에 관심이 많은 사람,
그리고 '소통과 도전'을 통해서 살아갈 '용기'를 얻는 사람.

나는 이런 욕구들을 중요하게 생각하는 사람이었다. 이 욕구들을 무시하지 않고 조금씩 채워가야겠다는 생각이 들었고 그것을 실행하기 위해 선택한 아주 작고 사소한 방법이 스몰 스텝이었다. 나는 이 내용을 노트 맨 앞에 써놓고 그에 맞는 스몰 스텝을 하나씩 추가해가기 시작했다.

세 줄 일기를 써왔던 것처럼 '마음의 여유'와 '평안'을 얻기 위해 하루 10분 일찍 일어나 책을 읽었다. 인상 깊은 명언이나 책 속 구절들을 골라 카톡을 통해 지인들과 나누기 시작했다. 매일 아침 성경 한 장을 읽고, 산책을 했다. 산책을 하며 좋아하는 팟캐스트를 듣고 좋아하는 노래들을 검색해 듣기 시작한 것도 이즈음부터였다. 매일 아침 관심 키워드로 기사를 검색해 저장하고, 좋아하는 칼럼니스트의 글을 필사하는 것은 단순히 자기계발을 하려는 게 아니라 그것이 '새로운 발견과 자극'을 주었기

때문이다. TED 강연을 통해 세상의 앞선 생각에 귀 기울이고, 수백 개의 다큐멘터리 리스트를 만드는 이유는 이 과정을 통해 내가 '배우고 성장'한다는 사실을 깨달았기 때문이다. 글을 통해 관심사와 생각을 사람들과 나누고 '소통'하는 일은 나에게 큰 힘을 주었다. 매번 강의를 앞두고 전전긍긍하면서도 '자기 발견'과 '브랜딩'이란 주제로 강의를 계속하는 이유도 그 자체가 내게 '도전'이자 '용기'를 주고 그 과정을 통해 만족하고 성장하는 나 자신을 발견할 수 있었기 때문이다.

삶의 엔진이 되다, 스몰 스텝 플래너

내가 스몰 스텝을 시작한 방식은 정말 간단하다. 처음에는 자주 쓰는 노트 뒤 페이지에 손으로 선을 그어 간단한 플래너를 만들었다. 가로에는 일주일에 해당하는 일곱 칸을 만들고, 세로에는 스몰 스텝 항목들을 적었다. 그리고 매일 실천하는 스몰 스텝들에 표시를 하기 시작했다. 몇 가지 원칙은 있었다. 첫째, 실천한 일에만 표시를 할 것. 둘째, 실행하지 못해도 X 표시 하지 말 것. 셋째, 일주일 이상 실천하지 않은 항목은 과감히 삭제할 것.

작은 실천과 성취를 통해 살아갈 힘을 얻자는 취지인 만큼 좌절감을 느낄 X 표시는 굳이 할 필요가 없다고 생각했다. 일주일 이상 실천을 못 한다면 그건 노력이 부족해서라기보다는 애초에 나와 맞지 않는 스몰 스텝이라고 생각했다. 일주일도 지속하지 못할 항목이라면 애를 써도 지속하기 힘들 거라고 판단한 것이다.

그렇게 십여 개의 항목을 만들고 매일 체크하기 시작했다. 그리고 이 항목은 매주 조금씩 늘어났다. 영어 단어 외우기는 회화와 한글맞춤법, 일어 공부로 이어졌고 팟캐스트 청취 목록도 하나둘씩 늘어갔다. 독서는 단편소설과 시 읽기로 확장되었고, 다큐 보기는 TED 동영상처럼 간단하게 볼 수 있는 강연 동영상 시청으로 자연스럽게 연결되었다.

항목이 늘어나자 양식 하나를 만들어 프린트를 했다. 지금도 매일 활용하고 있는 스몰 스텝 플래너는 바로 이런 과정을 통해 탄생했다. A4 한 장에 2주간의 스몰 스텝을 기록할 수 있는 스몰 스텝 플래너는 이제 50여 장에 이른다.

나는 스몰 스텝 플래너를 매일 가지고 다닌다. 짬이 날 때마다 플래너를 펼쳐 당장 할 수 있는 항목을 확인하고 그 자리에서 스몰 스텝을 실천한다. 신기한 건 이 일이 즐겁다는 것이다. 누군가의 눈에는 강박처럼 보일 수도 있겠지만 나는 이 일이 정말로 재미있다. 일명 '뽁뽁이'를 터뜨릴 때의 쾌감과 비슷하다.

플래너를 보고 있으면 아직 실천하지 못한 스몰 스텝 항목에 체크하고 싶은 묘한 승부욕에 사로잡히곤 한다. 지하철에서 영어 단어 5개를 외우고 일을 하다가도 단축키 하나를 외운다. 그리고 플래너에 표시를 한다. 체크 표시가 늘어날 때마다 출처를 알 수 없는 성취감을 느낀다. 거의 모든 칸을 채운 날은 그날 하루를 잘 살아낸 뿌듯함이 인다.

공감이 안 돼 고개를 갸우뚱하실 분이 있을지 모르겠다. 그게 뭐 그렇게 대단한 거냐고 의문을 품으실 분도 당연히 있을 것이다. 하지만 나는 이런 과정을 반복하면서 그날 하루를 살아갈 새 힘을 얻는다. 대단히 많은 노력과 시간을 들인 것도 아닌데 실제로 매일 의욕과 힘을 얻는다.

사람의 뇌는 복잡한 것 같지만 의외로 단순한 면이 있다. 누군가 올림픽에서 금메달을 땄다고 생각해보자. 아마 상상도 할 수 없이 기쁠 것이다. 하지만 그 기쁨은 그리 오래가지 못한다. 일주일쯤 지나면 스스로가 느끼는 흥분도, 주변의 칭찬과 반응도 첫날만큼 대단하지 않을 것이다. 그런데 더 놀라운 사실이 있다. 사람의 뇌가 기쁨의 크기를 그리 디테일하게 분간하지 못한다는 것이다.

'약속 시간 10분 전 도착'이라는 스몰 스텝이 있다. 혼자 일하는 데다 외근과 미팅이 잦은 내게 매우 중요한 스몰 스텝이다. 클라이언트나 회사와의 신뢰관계에 직접적인 영향을 주기 때문이다. 하지만 약속 시간 10분 전에 도착한 후 플래너에 표시를 할 때 느끼는 만족감은 상대적으로 아주 작다. 그런데 재밌는 건 스몰 스텝을 통해 이 작은 성취가 거의 매일 반복된다는 것이다. 그리고 이런 작은 만족감과 올림픽 메달을 딸 때의 큰 성취감을 뇌가 잘 구분하지 못한다. 그래서 많은 이들이 이렇게 이야기하는 게 아닐까. 행복은 '강도'보다는 '빈도'로 결정된다고.

3년간의 스몰 스텝 기록을 매일 가지고 다니는 이유가 바로 여기에 있다. 나는 지난 3년간 나와의 약속을 성실하게 지키려고 노력했다. 그리고 그 증거가 스몰 스텝 플래너에 고스란히 기록되어 있다. 이 플래너를 볼 때마다 나 자신을 신뢰할 수 있게 되고 앞으로의 약속도 잘 지켜나갈 수 있을 거란 기대를 하게 된다. 대부분 고작 10분이면 할 수 있는 항목들이다. 그런데 이런 실천이 3년간 매일 반복되니 자전거 타기처럼 몸에 익었다. 실천은 쉬워지고 만족감은 커졌다. 다른 일을 할 수 있는 의욕과 용기도 생겼다. 그래서 매일 이 플래너를 들고 다닌다. 그리고 기회가 있을 때마다 스몰 스텝을 전도(!)한다. 백번 말로 설명하기보다 플래너를 보여주면 많은 이들이 고개를 끄덕인다. 이것이 3년 넘게 실천해온 작은 반복의 힘이다.

스몰 스텝 플래너는 내가 일어나는 시간과 잠자리에 드는 시간, 내가 좋아하는 것들과 도전의 기록들을 고스란히 보여준다. 체크 란이 휑하게 비어 있는 주를 볼 때면 그 이유를 곰곰이 생각해본다. 하루 10분의 실천이 힘들 만큼 바빴던 이유는 무엇일까. 그리고 이 항목들을 체크 표시들로 빼곡히 채우겠다는 다짐을 거듭하곤 한다. 사실 살아간다는 것은 매일의 소소한 일들에 최선을 다하는 것이다. 그리고 그 과정에서 느끼는 만족과 성취감이 내가 '살아있음'을 말해주고 보여주는 증거가 된다.

이 사소함에서만큼은 내가 주인이다

스몰 스텝을 실천하면서 적지 않은 목록들이 추가되었고 또 그만큼 사라졌다. '매일 그림 한 장 그리기'나 '잠들기 전 스쿼트 50개'는 목록에서 사라졌고, 그 자리를 '가계부 쓰기'와 '약속 시간 10분 전 도착'이 채웠다. 억지스럽게 이어가지 않으려 애쓴 결과다. 그 덕분에 일상에 자연스럽게 스며든 29개의 스몰 스텝들만 남았다.

다시 한 번 이 목록들을 곰곰이 살펴본다. 산책, 독서, 강연, 공부, 일기, 집안일 등 하나같이 작고 사소하고 평범한 '습관'들의 목록이다. 누구라도 따라할 수 있고 언제든지 마음만 먹으면 실행이 가능한 목록들이다. 그런데 이 스몰 스텝의 진짜 유익은 목록 자체에 있지 않다. 중요한 건 반복된 실천의 '주체'가 '나'

라는 데 있다. 적어도 하루에 20번 이상은 삶의 '주인'으로 살았다는 거니까. 이 사소한 일상의 사소한 습관들에서만큼은 바로 내가 '주인'인 것이다.

책을 보고 싶으면 '베스트셀러'를 골랐다. 영화를 볼 때마다 '대세'를 따르는 게 안전하다고 생각했다. 식당에 가면 '나도 같은 걸로'가 입에 밴 삶을 살았다. 남들이 원하는 학교를 나도 원했고 남들이 갈망하는 직장과 연봉을 나도 갈망했다. 나 자신이 삶의 주인이어야 한다는 사실은 알고 있었지만 철이 들고 어른이 된 후로도 오랫동안 나는 주인으로 살지 못했다. 그리고 그것이 진짜 루저의 삶이라는 사실을 미처 깨닫지 못했다.

인생에 대한 예의

자신의 삶에서 주인으로 산다는 것이 대단한 도전과 모험이라고 생각하지 않는다. 진짜 주인으로 사는 삶은 자신이 원하는 삶을 살기 위해 자신이 원하지 않는 삶으로부터 벗어나는 것이 아닐까. 그런 삶은 아주 작은 일상에서부터 시작되어야 한다. 나의 의지로 하루를 계획하고 나의 노력으로 그 하루의 작은 계획들을 실천해가며 내가 내린 결정들의 열매와 쓴맛의 경험을 쌓아가는 것, 그것이 한 번뿐인 인생에 대한 예의가 아닐까?

그래서 나는 매일 '세 줄 일기'를 통해 인생의 방향감각을 잃지 않으려 애쓰고 있다. 짧은 명언 한 줄을 카톡으로 나누며 사람들과 이어지는 소통의 기쁨을 날마다 경험한다. 하루 한 장 읽는 성경을 통해 신 앞에서 한없이 연약한 나의 존재를 직시하고, 매일 외국어 단어를 외우면서 언어와 생각의 지평을 넓힌다. 가계부 쓰기로 내 관심사가 어디로 뻗치고 있는지를 확인하고 논객들의 사설과 칼럼을 필사하며 세상살이의 지혜를 배운다. 이렇게 나는 매일 아침저녁으로 내 시간의 주인이 된다. 이 계획은 누구도 아닌 내가 세운 것이고 이를 실천하는 것도 나 자신이다.

자신의 아주 작은 일상에서 주인이 되지 못하는 사람은 결코 인생 전체의 주인으로 살아갈 수 없다고 믿는다. 내가 매일 스몰 스텝을 실천하고 기록하는 가장 큰 이유는 적어도 이 사소함에서만큼은 내가 주인일 수 있기 때문이다.

넘버링,
지속가능한 스몰 스텝의 비밀

#241 나는 에버노트를 활용해 좀 더 편리하게 스몰 스텝을 실천해보기로 했다. 에버노트에는 스몰 스텝을 위한 별도의 카테고리가 있다. 다큐, 명언, 카피, 음악, 브랜드, 시, 여행, 필사, 책과 TED, 강연에 관한 항목까지…. 그리고 세부 카테고리의 모든 글에는 번호가 붙는다. 예를 들어 '다큐 다이어리'의 마지막 글에는 '#73'이라는 숫자가 붙어 있는데 이것은 짬짬이 보아온 다큐의 수를 의미한다. 그렇게 '241개'의 칼럼을 옮겨 적었고, '150곡'의 좋아하는 노래를 찾았으며, '385권'의 책을 수집했다. TED나 강연의 목록도 '70개'를 바라본다.

숫자란 신기하다. 하루 5분, 길어야 10분이 드는 습관들은 참

보잘 것 없고 사소한 반복에 불과한데, 숫자가 하나씩 붙으면서 묘한 자극을 준다. '138번째' 칼럼을 옮겨 쓰고 나면 '139번째' 칼럼을 옮겨 쓰고 싶은 욕구가 솟는다. 숫자는 그렇게 숨은 '본능'을 건드린다. 자칫 무의미해 보일 수 있는 스몰 스텝의 과정에 의미를 부여하는 것이다. 아주 작은 눈뭉치 하나가 산비탈을 따라 구르며 엄청난 눈덩이로 불어나는 것을 지켜보는 느낌이랄까. 그러고 보니 알겠다. 왜 사랑하는 연인들이 100일, 200일, 300일, 그리고 천 일을 기념하는지. 연약한 관계를 지키고 키우고 싶은 열망 때문은 아닐까.

숫자에 대한 본능

매일의 스몰 스텝에 번호를 매기는 것, 즉 '넘버링'은 지속할 힘을 주었다. 작은 성취의 기쁨을 하나씩 늘어가는 숫자로 확인하는 셈이다. 왜 우리는 해마다 돌아오는 생일을 기념할까? 왜 아이들의 키를 달마다 벽에 기록하고 결혼기념일을 챙길까? 켜켜이 쌓인 나이테를 보면 그 나무가 겪어온 세월의 의미가 읽힌다. 그 의미를 잘 들여다보고 새롭게 해석할 줄 아는 사람이 진짜 행복한 삶을 살 수 있다고 믿는다. 그리고 무심코 지나가는 일상을 붙잡아 기록할 줄 아는 사람이 하루의 소중함을 좀 더 깊이 깨닫고 누릴 수 있다고 믿는다.

오늘도 손석희의 앵커 브리핑 하나를 옮겨 적고 '#241'을 붙였다. 손석희, 문유석, 권석천, 허지웅, 서민…. 그렇게 내가 좋아하는 글쓰기의 장인들을 따라 241개의 주옥같은 칼럼과 글들을 옮겨 적어왔다. 이 숫자가 커지는 만큼 내 글솜씨가 늘었는지는 알 수 없다. (아마도 아닐 것이다.) 하지만 이 숫자가 뿌듯함을 주는 건 그 결과 때문만은 아니다. 하루 10분, 이 짧은 필사의 시간들이 켜켜이 쌓여 내 생각과 경험의 지평이 넓어질 거란 기대 때문일 것이다. 이것이 스몰 스텝을 지속하게 만드는 나만의 아주 작은 의식, '넘버링'의 비밀이다.

Tip 1.

세 줄 일기 기록법

세 줄 일기는 말 그대로 매일 세 줄의 글을 노트에 쓰는 방법이다. 각 줄은 한 줄을 넘기지 않는 것이 좋다. 쉽고 간단하게, 그날의 짧은 기억을 사실 위주로 기록하는 것이 세 줄 일기의 중요한 포인트이기 때문이다.

1. 날짜와 요일을 쓴다.
2. 첫째 줄 : 전날 가장 안 좋았던 일을 쓴다. 후회나 불편함을 써도 좋다. 저녁에 쓴다면 그날의 안 좋았던 일을 쓰면 된다.
3. 둘째 줄 : 그날, 혹은 전날의 가장 기분 좋았던 일을 쓴다. 축하할 일이나 행복했던 기억, 자신이 잘한 일도 좋다.
4. 셋째 줄 : 오늘이나 내일의 삶을 위한 짤막한 다짐을 기록한다. 이 한 줄을 쓰는 것만으로도 하루의 스트레스가 사라지는 듯하다.

2018년 3월 16일 금요일

① 가장 안 좋았던 일

하루를 늦게 시작한 것이 가장 아쉽다.

② 가장 좋았던 일

자기발견학교 1주차의 초안을 마련함, 뿌듯하다.

③ 오늘 혹은 내일의 목표

걱정을 객관화하고 가장 중요한 일에 몰입해서

삶의 에너지를 끌어올리겠다.

5. 왼쪽 페이지 한 장이면 일주일 분의 세 줄 일기가 가능하다. 주말에는 오른쪽 페이지에 한 주를 리뷰하는 짤막한 기록을 남기면 좋다. 세 줄 일기를 쓰고 나서 중요한 내용을 형광펜으로 표시하면 자신의 주된 관심사와 고민을 한눈에 파악할 수 있다. 이 내용이 쌓이면 그동안의 내가 어떤 사람이었는지 차트처럼 금방 확인할 수 있다.

2장

스몰 스텝, 실천의 기록

-1-

어느 퇴근길의 우연한 산책

여느 때와 다름없는 평범한 날이었다. 퇴근길 지하철을 빠져나와 마을버스를 기다렸다. 10년이 넘게 반복해온 익숙한 동작으로 긴 줄의 끝에 섰다. 괜한 조바심으로 버스가 오는 쪽의 자동차 불빛들을 하염없이 바라보고 있었다. 노트북이 든 가방은 아침보다 두 배는 더 무겁게 느껴졌다. 해결하지 못한 회사 일들로 마음은 더 무거웠다. 조금이라도 빨리 집에 돌아가 씻고 먹고 자고 싶은 생각뿐이었다. 동시에 문득 이런 일상이 지겹다는 생각이 뇌리를 파고들었다. 내일도 똑같은 하루가 반복될 거라는 생각에 숨이 막혔다.

나도 모르게 버스를 기다리는 긴 줄을 벗어났다. 그리고 한 번도 가본 적 없는 개천의 산책로로 내려갔다. 북적대던 사람과 자동차들이 한순간에 사라졌다. 대신 녹색 보도와 갈색 자전거 길을 따라 난 억새와 풀숲이 나를 반겼다. 나는 천천히 길을 따라 걷기 시작했다. 유유히 맑게 흐르는 탄천의 물을 감상하면서, 그 물 위를 노니는 오리와 잉어들의 그림자를 보면서, 10년 만에 처음으로 버스가 아닌 두 발로 걸어 퇴근을 했다. 집까지 가는 데는 30분이 걸렸다. 마을버스로는 20분쯤 걸리던 길이었다. 겨우 10분 차이였다.

그리고 3년이 흘렀다. 그날도 두 번의 미팅과 한 번의 강의로 지친 몸을 끌고 지하철 역사를 나왔다. 비가 오는 밤이었다. 쉬고 싶은 마음이 굴뚝같았지만 망설임 없이 계단을 내려갔다. 익숙한 녹색 보도를 따라 걸었다. 습관처럼 이어폰을 귀에 꽂고 팟캐스트를 열었다. 한참을 고민하다 '더 드라마'를 클릭했다. 작가와 PD들이 평소에 즐겨 보는 드라마를 놓고 수다를 떠는 팟캐스트였다. 그날의 주제는 '인생에 단 한 편만 볼 수 있다면… 왕좌의 게임' 특집이었다.

아주 오랫동안 성공한 삶, 행복한 일상을 좇았다. 그래서 1년에 수백 권의 책을 읽기도 했고, 직업을 바꾸는 무모한 도전도 했다. 주말과 새벽을 가리지 않고 일해보기도 했고, 결국엔 지쳐 쓰러져 (공황장애로) 한동안 병원 신세를 지기도 했다. 하지만 그 때마다 삶을 바꾸는 방법은 단 하나라고 생각했다. 더 많이 고민하고 더 열심히 일하는 것. 그러지 않으면 루저가 될 것 같았다. 나뿐 아니라 모두가 그렇게 살고 있는 것 같았다. 다른 선택지는 생각해보지 않았다. 10년간 고민 없이 탔던 마을버스도 마찬가지였다. 걸어서 집에 갈 수 있다는 생각은 한 번도 해보지 않았다. 다른 퇴근길이 있다고 생각해본 적이 없었던 것이다.

그러던 어느 날, 회사 동료가 자신은 걸어서 퇴근한다고 했다. 아, 걸어서 가는 방법도 있었지. 하지만 지친 몸을 이끌고 버스보다 몇 배는 더 걸릴 퇴근을 감행할 용기가 없었다. 고작 마을버스 비 아끼려고 그 길을 걸어간다고? 차라리 그 시간에 빨리 씻고 쉬는 게 남는 장사가 아닐까? 그 이야기를 들은 후에도 걸어서 퇴근할 생각은 하지 못했다. 그러다 한순간 용기를 냈고 걸어서 퇴근을 했다. 그리고 깨달았다. 혼자 걸어서 가는 그 조용한 퇴근길이 회복과 힐링의 시간이라는 것을. 좋아하는 음악과 각양각색의 팟캐스트를 들으며 숨어 있던 감수성과 지적 호기심을 자극할 수 있다는 것을. 그런 시간을 통해 다시 내일을 살아갈 힘을 얻을 수 있다는 사실을. 만일 내가 그날의 그 선택을 하지 않았다면, 나는 여전히 처진 어깨로 마을버스를 힘없이 오르고 있을 것이다.

걸으면서 생긴 용기

왜 지난 10년간 한 번도 그런 시도를 해보지 않았을까? 109번 마을버스를 타고 퇴근하는 방법 말고도 다른 선택지가 있다는 것을 왜 몰랐을까? 만일 퇴근길 하나도 다른 선택이 가능하다면, 삶의 다른 영역에도 이런 변화를 줄 수 있는 사소하고도 손쉬운 방법들이 있지 않을까? 수많은 질문이 꼬리를 물었다. 그래서 일단 걷기로 했다. 피로가 풀리고 생각이 맑아지고 건강해지는 것은 부수적인 효과였다. 파김치가 되고 초주검이 되어야 마땅한 저녁 시간에 생기가 돌기 시작했다.

무언가를 남다르게 해볼 용기가 생겨난 것도 그즈음부터였다. 나름의 원칙도 세웠다. 1년 이상 매일 반복할 수 있도록 아주 간단하고 사소한 도전일 것, 하고 나면 뿌듯한 기분이 밀려드는 좋아하는 일일 것, 밀린 숙제 하는 듯한 부담이 오는 순간 그만둘 것. 그렇게 작지만 확실한 행복을 위한 스몰 스텝이 꿈틀대기 시작했다.

걸으면
비로소 보이는 것들

가볍게 시작한 퇴근길 산책에 탄력이 붙기 시작했다. 탄천을 가로지르는 넓은 다리에서 바라보는 타워팰리스의 야경은 한동안 멍하니 서 있게 하기에 충분했다. 여유롭게 30분을 걸어 집에 도착하면 알게 모르게 밴 땀 탓에 두 배로 상쾌하게 샤워를 할 수 있었다.

그러던 어느 날, 평소보다 늦은 퇴근 탓에 배가 고파 마을버스를 타고 집으로 돌아왔다. 허기를 채우고 나니 문득 허전한 기분이 밀려왔다. 가벼운 복장으로 집을 나섰다. 그리고 동네를 크게 돌아 20분을 걸었다. 그제야 깨달았다. 산책이 어느새 내 작은 습관으로 자리 잡게 되었음을. 아주 늦게 퇴근한 날엔 새벽에도 밤길을 걸었다. 퇴근길에 다 듣지 못한 팟캐스트를 듣거나 음악을 들었다. 그리고 여름에 접어들 무렵, 아내가 산책길에 동행했다. 자연스럽게 딸이 뒤를 따라나섰다.

가족과 동네 마트를 가던 길과는 느낌이 사뭇 달랐다. 목적이 없기에 발걸음은 여유로웠고 일상의 대화들이 자연스레 산책길을 채웠다. 아내는 대기업에 다니는 남편의 보너스로 카페를 여는 지인 얘기를 꺼냈고, 딸은 즐겨 보는 웹툰의 남자 주인공 얘기로 수다를 떨었다. 좀처럼 자기 방 밖으로 나오지 않는 아들도 산책에 동행하곤 했다. 그건 또 다른 즐거운 변화였다. 집에 같이 있어도 좀처럼 대화를 나눌 여유가 없는 게 현실이었다. 하지만 산책은 자연스럽게 대화를 이끌어냈다. 산책 중에는 티브이도 스마트폰도 들여다볼 수 없기 때문에 대화밖에 할 게 없었다. 나는 그 당연한 일이 내심 신기했다.

산책의 재발견

산책은 또 다른 산책을 불렀다. 당시 다니던 회사 옆에는 서울숲 공원이 있었다. 점심을 먹고 나면 30분 정도가 비게 마련인

데 그 시간에 동료들과 수다를 떨 때도 있었지만 밀린 일을 서둘러 시작할 때도 적지 않았다. 나는 그 시간을 온전히 내 것으로 누리기로 하고 산책을 시작했다. 서울숲의 한 구역을 크게 돌면 대략 20분이 걸렸다. 다양한 나무들로 가득한 공원은 운치와 정경을 선물했다. 멀찌감치 사람들의 일상을 들여다보는 일도 즐거웠다. 5월에는 웨딩 촬영이 매일같이 이어졌고 노란색 유치원복을 입은 꼬마들이 줄을 지어 지나가는 일도 다반사였다. 일기예보 촬영을 위해 방송 차량과 사람들이 몰려든 날도 있었고, 돗자리를 깔고 망중한을 즐기는 커플들은 항상 볼 수 있었다.

그 길을 걸었다. 풀리지 않는 기획안을 두고 끙끙대기도 했고, 머리를 떠나지 않는 사소한 고민을 털어내려고 걷기도 했다. 그런데 그게 효과가 있었다. 한참을 걷다 보면 복잡한 일들이 어느 순간 단순해지곤 했다. 흙길의 감촉과 스치는 바람이 머릿속의 이런저런 고민들을 털어내주었다. 가끔은 벤치에 앉아 그 시간 자체를 즐기곤 했다. 평소 같으면 어두운 사무실에 앉아 풀리지 않는 생각의 고리를 붙잡고 허둥대고 있을 시간이었다.

그때부터였다. 매일 같은 곳을 산책하던 나는 길이 시작되는 포인트에서 사진을 찍기 시작했다. 매일 같은 시간, 같은 장소에서 양 갈래로 길게 늘어진 숲속 산책로의 풍경을 스마트폰에 담았다. 1년이 지나니 그 속에 사계절의 변화가 고스란히 담겼다. 내친 김에 다른 정경들도 찍기 시작했다. 어느 날은 비둘기, 어느 날은 꿩(처럼 생겼으나 확신할 수 없는), 1년에 한두 번은 바로 앞을 걸어가는 까마귀 사진까지 찍었다. 주변을 배회하는 길고양이도 찍었다.

어느 날부터는 나무의 이름을 확인하기 시작했다. 주로 다니는 산책길에 있는 나무가 '팽나무'라는 사실을 알게 되었다. 하늘로 곧게 뻗은 멋진 나무의 이름은 '스트로브 잣나무'였다. 그 옆에 흐드러지게 핀 조그만 국화 같은 풀꽃은 '개망초'였다.

행복한 중독

궁금함이 방법을 만들어냈다. 집에 꽂아만 두었던 식물도감과 나무도감을 꺼내들었고, 꽃 검색 서비스로 풀꽃 이름들을 하나씩 검색했다. 신기한 것은 그것의 이름을 알게 된 순간 그것들을 대하는 내 자세가 달라졌다는 것이다. 모두 '나무'이거나 '꽃'이거나 '새'이거나 하던 세상이 저마다의 이름을 가진 디테일한 세상으로 다가오기 시작했다. 자연스럽게 애정이 생겨났다. 그들의 이름을 불러주자 그들의 이야기가 함께 따라왔다. 왜 그런 이름을 갖게 되었는지, 그것들이 다른 것들과 어떻게 다른지, 어떻게 그토록 오랫동안 우리 곁에 남게 되었는지를 알게 되었다.

산책은 일상을 바라보는 나의 좁은 눈을 넓게 열어주었다. 그것은 한두 번의 산책으로는 결코 볼 수 없는 것들이었다. 잠깐이지만 매일 반복하는 산책이 이 세상의 미묘한 차이를 발견하는 눈을 열어주었다. 비슷해 보이는 나무들이 실은 조금씩 다른 색의 가지와 이파리와 열매를 갖고 있었다. 산책로는 계절마다 조금씩 변모했다. 그 변화를 인지하는 즐거움은 자칫하면 사무실의 한 평 공간에 갇힐 뻔한 내 생각의 물꼬를 조금씩 터주었다. 나는 그렇게 산책에 중독되기 시작했다. 그건 여느 중독과는 다른 행복한 중독이었다.

누구의 취향도 아닌,
나만의 플레이 리스트

오래전 아내가 말했었다. 결혼할 남자를 만났을 때 단 한 가지 양보할 수 없는 조건이 있었는데 바로 '음악적 취향'이라고. 아내는 재즈를 무척 좋아했고 결혼 전에 재즈 카페를 자주 찾곤 했다. 하지만 결혼 후에는 단 한 번도 그 카페를 찾지 못했다. 그런 면에서만 보자면 아내는 완벽히 실패한 결혼을 한 셈이다. 그만큼 나는 음악을 몰랐다. 그런데 음악이 필요한 순간이 내게도 찾아왔다. 이 역시 산책 때문이었다.

산책길에는 동행이 필요했다. 팟캐스트도 좋은 친구였지만 이런저런 생각조차 하기 싫은 날에는 역시 음악이 필요했다. 산책이 없었다면 결코 느끼지 못했을 숨은 욕구였다.

마침 아들의 공부를 돕기 위해 시작한 영어 단어 외우기가 조금씩 탄력을 받아가던 때이기도 했다. 팝송으로 영어 공부를 하던 군복무 시절이 떠올랐다. 기왕에 시작한 영어 공부이니 팝송과 연결해보면 어떨까? 문득 그런 생각이 들었다. 그래서 하루에 한 곡씩 '가사가 좋은 팝송'이란 키워드로 검색을 시작했다. 점심을 먹고 나른한 오후가 되면 그렇게 검색한 노래의 가사를 옮겨 적은 후 산책을 하며 그 노래를 반복해서 들었다. 그렇게 1년이 지난 지금, 100곡이 넘는 나만의 플레이 리스트가 만들어졌다. 오직 내가 선택하고, 가사를 옮겨 적고, 뮤직 비디오와 관련 기사를 찾고, 자연스럽게 그 노래에 얽힌 스토리를 발견하며 만들어낸 플레이 리스트였다.

그렇게 '패신저'와 '에이미 맥도널드'를 만나고 '제이슨 므라즈'와 '브루노 마스'를 만났다. 유독 통기타를 든 싱어송 라이터들이 좋았다. 노래 자체도 좋았지만 그들이 쓴 가사가 특히 좋았다. 하나하나가 한 편의 '시'를 떠올리게 했다. 오래된 한시의 의미를 깨달았을 때 받은 감동과 비슷했다. 시대와 인종을 막론하고 사람들이 겪는 기쁨과 환희, 고뇌와 슬픔은 일맥상통하는 점이 있었다. 편견을 버리고 보면 공감할 수 있다는 사실을 깨달았다. 그 순간 한 곡의 노래를 완성하는 것이 음악적 기교만이 아님을 알 수 있었다.

독특한 음색으로 유명한 패신저의 로젠버그가 노래한 것은 뉴저지 해변 고깃배에서 삼촌과 함께했던 낚시의 추억이었다. 그는 삼촌이 암에 걸린 순간을 수백만 개의 불빛 중 하나가 꺼졌다고 노래했다. 엄마에게 처음으로 거짓말을 하던 날도, 15살에 처음으로 찾았던 나이트클럽에서도 가슴 속 작은 불빛들이 하나씩 꺼졌다고 노래했다. 그리고 이어 부른다.

We're born with millions of little lights shining
in the dark
And they show us the way
One lights up
Every time you feel love in your heart
One dies when it moves away

우리는 어둠 속에서 빛나는 수백만 개의 불빛을 품고 태어나
그 불빛들은 우리에게 길을 비추어줘

가슴 속으로 사랑을 느낄 때마다 하나씩 밝혀지지
그리고 그 사랑이 없어질 때마다 하나씩 꺼져
–**All The Little Lights, Passenger**

가사를 알고, 가수를 알고 듣는 음악은 이전과는 다른 음악이었다. 그리고 산책길에, 퇴근길에 듣는 음악은 세상의 소음으로부터 나를 자유롭게 해주었다. 늘 가던 길만 가는 사람은 또 다른 길이 존재한다는 사실을 알기 어렵다. 멜론 Top100만 듣는 사람은 자신만의 노래를 가지기 어렵고, 그래서 자신만의 생각을 하기도 어렵다. 하지만 자신만의 취향이 만들어지면 그곳에서부터 또 다른 길들이 만들어지기 시작한다. 그 가수의 다른 노래, 그 노래와 비슷한 장르, 그 그룹에서 독립한 다른 멤버의 노래, 그 시대에 유행했던 비슷한 음악들…. 이렇게 음악을 찾아가는 과정은 어쩌면 '진짜 나'를 발견해가는 수많은 방법 중 하나일지 모른다. 내가 그 음악에 감동한다는 것은, 그 가사에 공감한다는 것은, 그 가수를 흠모한다는 것은 나의 정서가, 삶을 대하는 태도가, 세상과 소통하는 방법이 그들과 비슷해서일 가능성이 높기 때문이다.

샘 고슬링은 『스눕』이라는 책을 통해 침실과 사무실을 관찰하고, MP3 플레이 리스트를 확인하며, 소지품을 살펴보는 것만으로도 그 사람에 대해 얼마나 많은 사실을 알아낼 수 있는지를 검증해주었다. 다큐멘터리 〈당신의 성격〉은 이런 방법이 어떻게 가능한지를 구체적인 실험을 통해 생생하게 보여준다.

중요한 것은 이것이다. 우리가 듣는 음악은, 우리가 방을 정리하는 방식은, 우리가 자주 들고 다니는 물건은 결국 우리의 취향을 보여주고, 그 취향은 우리의 남다름에서 나온다는 것. 따라서 내가 선곡한 음악이 늘어난다는 것은 나 자신의 취향에 대해, 나 자신의 특별함에 대해 구체적으로 이해할 수 있는 단서가 늘어난다는 것이다. 나 자신을 안다는 것은, 즉 자기다움에 눈 뜬다는 것은 어쩌면 이렇게 구체적이고도 손쉬운 방법을 통해서도 알 수 있는 것 아닐까.

나만의 플레이 리스트를 만들고부터 산책은 더욱 즐거운 일이 되었다. 가족과 함께하는 산책이 가장 즐겁지만 혼자 걸어도 외롭거나 지루하지 않았다. 그 시간은 내 삶을 이끄는 원동력

(Driving Force)이 되어주었다. 공을 들였던 프로젝트가 엎어지거나 도무지 새로운 아이디어가 떠오르지 않는 날엔 음악을 들으며 산책을 했다. 스마트폰을 충전하듯이 내 속에 숨어 있는 열정과 의욕을 충전하는 가장 확실한 두 장치를 돈 한 푼 들이지 않고 가동할 수 있었다.

이러한 발견은 세상에 없던 새로운 것이 아니다. 수없이 많은 명사들을 만난 팀 해리스는 『타이탄의 도구들』을 통해 명사들의 아주 개인적인 습관을 낱낱이 말해준다. 그들 역시 매일 아침 침대에서 일어나기를 버거워한다. 그런데 그들에게는 공통점이 하나 있다. 그들만의 음악이 있다는 사실. 그들이 새로운 힘을 얻기 위해 듣는 음악, 혹은 앨범이 있다는 사실을 이전에는 미처 알지 못했다.

'산책'은 '음악'을 불러왔다. 그 '음악'은 나의 '취향'으로 자연스럽게 연결되었다. 그 '취향'은 다름 아닌 '진짜 나'를 알아가는 중요한 단서가 됨도 깨달았다. 그 '취향'이 또 다른 나만의 개성을 발견하고 확장해가는 중요한 도구가 될 수 있음을 깨달은 것도 그즈음이었다.

내게 '산책'은, '음악'은 가장 '나다운 삶'으로 인도하는 일종의

지도이자 등대인 셈이었다. 그 덕분에 내 인생은 방향을 잡을 수 있었다. 그리고 이런 발견은 '음악'에만 그치지 않고 좀 더 다양한 '취향'의 형태로 나를 인도했다.

자기 발견을 위한
넓고 얕은 팟캐스트

회사를 대책 없이 그만두고 3개월을 쉰 적이 있다. 쉬는 것은 일하는 것 못지않게 힘들었다. 한창 일할 나이의 남자가 벌건 대낮에 집 앞을 서성이는 건 평범하지 않은 일이었다. 사람들이 나를 불안한 눈길로 쳐다보는 것 같았다. 그래서 할 수 없이 선택한 곳이 동네 도서관이었다.

3개월 동안 꼬박꼬박 같은 자리에 출석했다. 그곳에서 80년대 이후 출간된 한국 문학상 수상집을 섭렵했다. 김애란, 김연수, 김영하 같은 당시 많이 알려진 작가의 작품도 읽었고 하성란, 편혜영, 한강도 만났다. 이유는 단순했다. 우리말로 된 작품도 제대로 모르면서 번역된 외국 소설에 탐닉하는 게 왠지 꺼림칙해서였다. 마음껏 소설을 읽었던 그 3개월은 무엇과도 바꾸기 싫은 소중한 시간이었다.

그래서 김영하의 팟캐스트를 만났을 때 그렇게 기뻤는지도 모른다. 그 많은 작가들 중에서도 소재와 스타일 면에서 단연 돋보였던 작가가, 자신의 취향을 고스란히 반영한 소설과 논픽션, 때로는 시집(중의 몇 편을)을 통째로 읽어준다는 사실에 나는 열광했다. 이어폰을 꽂고 화면을 터치하는 것 하나만으로 출근길의 빽빽한 지하철 객차 안이 소설의 무대가 되었다. '수면제'로 유명한 김영하였지만 나를 잠재우진 못했다. 육성으로 '듣는' 소설은 '읽는' 것과는 또 다른 감동을 가져다주었다. 그렇게 미시마 유키오의 「금각사」를, 심보선의 「슬픔이 없는 십오초」를, 김소연의 『마음사전』을, 주제 사마라구의 『눈먼 자들의 도시』를, 정이현의 『오늘의 거짓말』을, 존 크라카우어의 『희박한 공기 속으로』를 읽었다. 아니 들었다. 그렇게 팟캐스트를 향한 탐닉이 시작됐다.

그즈음 이동진의 '빨간책방'을 뒤늦게 듣기 시작했다. 평소 좋아하던 평론가 이동진과 소설가 김중혁의 케미는 한 주의 고단함을 한번에 날려줄 만큼 강력했다. 나와 비슷한 취향, 비슷한 감성을 가진 사람들이 떠드는 수다는 즐겁고 유쾌했다. 그리고 내가 좋아하는 작가들이 이들의 수다에 동참하기도 했다. 새롭게 떠오르는 신진 작가들과 이름만 알고 있었던 오래된 작가들이 나와 문학과 인생과 농담을 주고받았다.

모든 이들이 이 팟캐스트에 열광하지는 않을 것이다. 하지만 『위대한 개츠비』의 제목이 자칫하면 『황금 모자를 쓴 개츠비』가 될 뻔했다는 잡담에 귀 기울이는 사람이 나 말고도 또 있다는 사실만으로도 위로가 되었다. 문학과 시사, 과학, 역사, 상식 등 서점과 도서관이 결코 알려줄 수 없는 책에 대한 안목과 식견을 덤으로 얻게 된다는 사실에 나도 모르게 흥분이 되었다. 누군가는 오버워치에서 승리를 거둘 때 쾌감을 얻고, 한정판 구두를 손에 넣을 때 만족감이 있듯이 나 같은 사람은 텍스트와 스토리를 통해 비슷한 만족감을 누린다. 옳고 그름도, 나음과 못함의 문제도 아니다. 오롯이 취향의 문제이자 개성의 문제다.

팟캐스트를 향한 나의 관심은 다양한 방면으로 뻗어나가기 시작했다. '지적 대화를 위한 넓고 얕은 지식'을 통해 상식의 지평을 넓혔다. '대화반점'(지금은 대화만점으로 바뀌었다)을 통해 대화법을 배웠고 '황상민의 심리 연구소'를 통해 요즘 사람들이 무엇을 고민하고 갈급해하는지를 공감할 수 있었다. '김어준의 뉴스공장'과 '청춘라디오'를 들으며 균형 있는 시사 관점을 유지하려고 애를 썼다. '휴식을 위한 지식'은 전쟁사와 문명사에 대해 새로운 시각을 전해주었다. '나는 1인 기업가다'를 통해서는 혼자 일하는 자의 생존법을, 'B CAST'를 통해서는 브랜드라는 익숙하면서도 어려운 이슈에 대한 감을 유지할 수 있었다. 팟캐스트를 섭렵하면서 뒤늦게 한 가지 사실을 깨달았다. 나를 끌어당기는 힘의 원천, 나를 움직이는 힘의 비밀이 '지적 호기심'이라는 것이다.

며칠 동안 좋아하고 마는 것을 취미라 말하는 사람은 없다. 돈이 된다고 열광하는 건 취미가 아니다. 누군가에게 자랑하고 보이기 위해서 하는 취미는 천박해지기 쉽다. '그냥' 좋아서 하는 것을 우리는 취미이자 취향이라고 부른다. 그리고 그것은 사람마다 다르다. 그러나 이 취향이라는 불꽃은 삶의 무게와 반복되는 일상을 지나면서 꺼지기 쉽다. 먹고 사는 생존의 문제가 다급할 때는 가장 먼저 놓아버리기 쉽다. 하지만 기어이 그것을 되찾아낼 때 우리는 이 힘든 일상과 하루를 이겨낼 힘을 얻는다. 이것이 취미와 취향의 힘이다. 자기 자신을 사랑할 줄 알고, 행복하고, 만족감을 누리며 사는 사람들은 저마다의 취향과 취미와 개성을 가지고 있다.

그 누구와 비교해도 주눅 들지 않을 수 있는 자존감은 매일 반복하는 취향과 취미에서 시작되는 것은 아닐지. 적어도 내 경우엔 그랬다. 내게 힘을 주는 것이 명확해지자 남이 이룬 그 무엇이 '덜' 부러웠다. 그리고 나를 이끄는 힘을 따라 '선택'했다. 그 선택이 성공적일 때는 자신감이 되어 돌아왔고, 혹 실패할 때

에라도 좌절 대신 다른 선택을 할 수 있었다. 이 음악이 맞지 않으면 다른 음악을 찾아 나서면 되는 것처럼, 이 소설이 마음에 들지 않으면 다른 소설을 선택하면 되는 것처럼. 다양한 팟캐스트를 들으면서 선택의 자유를 누렸고, 나만의 취향을 발견하고 개성을 만들 수 있었다. 돈 한 푼도 들이지 않고서 말이다.

하루 1초,
'카르페 디엠'의 기록

1990년 8월, 일본의 여행회사 직원이던 시노다는 후쿠오카로 전근을 가게 된다. 그는 식생활이 흐트러질 것을 염려해 작은 결심을 한다. 바로 현지에서 먹은 세 끼의 음식을 대학 노트에 옮겨 그리는 것. 그는 숙소로 돌아와 오직 눈으로 보고, 혀로 맛본 기억만으로 그날 먹었던 음식을 그림으로 남기기 시작했다. 그리고 이 작업은 무려 23년간(2013년 기준) 이어져 43권의 대학 노트로 남았다. 그의 작업은 책과 티브이 프로그램으로 만들어졌고 아직도 진행 중이다.

시저 커리야마라는 미국의 프로그래머가 있다. 그는 일상에서 가장 기억하고 싶은 1초를 매일 동영상으로 찍었다. TED 강연장에서 보여주는 그의 영상엔 기쁘고 축하할 일들만 있는 건 아니었다. 자신의 형수가 병원에 입원한 후 퇴원할 때까지의 매일의 기록이 숨 가쁘게 화면 위를 스쳐 지나갔다. 가족들이 수술실 앞에서 기다리고 걱정하는 모습이, 이윽고 집으로 돌아오기까지의 매일이 고스란히 기록되어 있었다. 그리고 이 기능은 '1 Second Everyday'란 앱으로 구현되어 내 스마트폰에 설치되어 있다. 이제 나도 일상의 가장 빛나는 순간, 기록할 만한 장면을 1초의 기록으로 남기고 있다.

대체 무엇이 그들로 하여금 이렇게 지극히 사적인 기록들을 그림, 혹은 영상으로 남기게 한 것일까? 하루 한 장, 자신이 먹은 음식을 그리는 것과 하루에 1초, 자신의 소중한 순간을 영상으로 기록하는 것은 과연 어떤 의미가 있는 것일까? 그리고 왜 사람들은 그들의 개인사에 그토록 관심을 보이고 열광하고 심지어 따라하려는 것일까?

삶이 가치 있는 이유는 단 한 가지다. 유한하기 때문이다. 우리도 언젠가는 숱한 기쁨과 슬픔, 아쉬움을 뒤로하고 이 세상을 떠날 것이다. 그 한 가지 이유만으로도 우리의 하루는 더없이 소중한 것이 된다. 다른 누군가의 삶이 아니라 오롯이 자신만의 매일을 의미 있게 살아야 하는 이유가 여기에 있다. 하지만 우리의 기억은 유한하다. 1년 전의 기억은 고사하고 한 주 전의 일도 제대로 기억하기 힘든 것이 현실이다. 한 주, 혹은 한 달이 바람처럼 지나간다. 그런데 그 순간들은 그렇게 '잊힐 만한' 것이었을까? 굳이 기억하지 않아도 될 '일상'일 뿐이었을까?

물론 그럴 수도 있다. 매일 재미와 의미로 충만한 하루를 살기는 어렵다. 하지만 그 하루 중에 기억하고 기록할 만한 1초의 순간은 있지 않았을까? 맛있는 음식, 가슴 뿌듯한 작은 성취의 순간, 누군가와 함께했던 기쁘고도 행복한 순간, 말 못 할 아픈 경험까지…. 그 1초를 모으면 1년이면 6분짜리 동영상 하나가 만들어진다. 10년이면 1시간, 30년이면 3시간의 동영상이 만들어진다고 생각해보라. 그것을 생의 마지막 순간에 다시 볼 수 있다면, 나를 사랑한 사람들에게 남길 수만 있다면…. 아마도 그들은 당신이 가장 소중하게 생각했던 그 무엇과 당신이 이 세상에서 어떤 삶을 살기 위해 노력했는지 알 수 있을 것이다. 고레에다 히로카즈 감독의 〈원더풀 라이프〉도 그런 관점에서 만들어진 영화다. 꼭 한번 볼 만하다.

〈블레이드 러너〉라는 영화가 있다. 최근에 리메이크된 작품도 흥미롭지만 원작이 주는 감동이 내게는 훨씬 더 크게 다가왔다. 이 영화는 인간과 기계를 구분 짓는 것이 무엇인지에 대해 질문한다. 그리고 영화는 극중 인물의 입을 빌려 말한다. 인간과 기계를 구분하는 유일한 구분점은 '기억'과 '추억'에 있다고. 사이보그는 만들어진 기록을 저장만 할 뿐이다. 하지만 인간은 자신이 경험한 모든 것을 기억과 추억으로 보존하고 회상할 수 있다. 그것이 비록 자의적이고 부정확하고 불완전한 것이라 해도. 한 인간의 인간다움은 그렇게 기억으로 완성되는 법이다. 우리가 사랑한 모든 것은 기억으로 축적되어 서로 연결되는 과정을 통해 충만해진다. 우리는 그 기억을 사랑하는 사람들과 공유하고 전달하는 과정을 통해 '유한함'이라는 한계를 넘어 의미 있는 삶을 살아갈 수 있다.

기록은 본능이다. 그리고 그것을 표출하는 방법은 그림일 수도 있고, 영상일 수도 있고, 그저 자신의 기억만으로 남겨질 수도 있다. 그렇다면 가장 행복한 사람은 그런 소중한 기억들을 충분히 만들어내고, 공유할 수 있는 사람이 아닐까. 그런 사람들은 매일이 소중할 것이다.

그렇다면 내가 내릴 수 있는 결론은 이것뿐이다. 오늘이라는 하루의 가치를 알고 후회 없이 살자. 그 하루 안에서 기억하고 기록할 만한 순간을 만들기 위해 최선을 다하자. 그리고 다시 선물처럼 올 소중한 내일을 맞이하자.

Tip 2.

스몰 스텝 플래너 기록법

스몰 스텝 플래너 기록법 역시 세 줄 일기만큼 간단하다. 왼쪽에는 자신이 매일 실천하는 스몰 스텝 항목을 기록하고 오른쪽에는 1, 2주 정도의 날짜를 기록한다. 그리고 매일 실천한 스몰 스텝에 표시를 하는 것이 전부다. 스몰 스텝 항목에 해당하는 키워드를 써놓는 것도 좋다. 시간 관리, 관계 맺기, 소통 같은 키워드를 써놓으면 자신이 추구하는 스몰 스텝의 방향성을 한눈에 볼 수 있다.

꼭 지키면 좋을 원칙은, 실천하지 못했다고 'X' 표시를 하지 않는 것이다. 그리고 일주일 이상 실천하지 못했을 경우에는 리스트에서 과감히 삭제한다. 물론 꼭 필요한 스몰 스텝이라면 다음 주로 넘겨 계속해도 무방하다. 그러나 스몰 스텝은 '목표 달성'에 방점이 있지 않고 '작은 성취'를 통해 '자존감'을 높이는 데 목적이 있다. 그러니 가능하면 10분 내로 실행할 수 있는 진짜 '스몰'한 항목들만 남기는 것이 중요하다. 그래야 매일 어렵지 않게 실천할 수 있다.

1. 처음에는 노트에 직접 그려서 쓰다가 지금은 스몰 스텝 플래너 양식을 만들어 쓰고 있다. 뒤 페이지에 있는 샘플을 참고하면 도움이 될 것이다. 보통 A4지 한 장에 2주분의 리스트를 만들어 쓴다.

2. 시간이 흐를수록 항목이 늘어나 나는 지금 29개의 스몰 스텝을 기록하고 있다. 개수는 상관없다. 자신이 좋아하고 지속할 수 있는 것만 남기는 게 중요하다. 스몰 스텝 플래너는 매일 가지고 다니면서 수시로 기록한다.

3. 키워드는 스몰 스텝이 주는 가치를 '단어'로 표시한 것이다. 스몰 스텝 항목이 내게 어떤 의미를 주는지를 한 단어로 정리해두면 이와 관련된 다른 스몰 스텝들을 추가해갈 수 있다. 내가 경험해보니 이 단어는 시간이 흐르면서 조금씩 바뀌어간다. 그리고 그것은 내가 추구하는 '가치'의 변화를 말해준다.

스몰 스텝 플래너 샘플

Keyword	Small Step	3/5	3/6	3/7	3/8	
#시간 관리	하루 10분 일찍 기상	✓				
#소통	매일 아침 카카오톡 보내기	✓				
#영성	성경 읽기	✓				
#언어	영어 단어 외우기					
#삶의 여유	하루 30분 산책					
#지식 쌓기	팟캐스트 / TED 동영상 보기	✓				
#지식 쌓기	1일 1단편 / 10분 독서					
#글쓰기	하루 10분 글쓰기(SNS)	✓				
#삶의 여유	하루 시 한 편 읽기					
#소통	한 사람과의 대화					
#소통	낯선 이에게 인사하기	✓				
#자기 발견	나만의 음반 만들기					
#삶의 규모	가계부 쓰기					
#						
#						
#						
#						
#						
#						
#						
#						
#						

	3/9	3/10	3/11	3/12	3/13	3/14	3/15	3/16	3/17	3/18

3장

스몰 스텝, 실천의 기록

- 2 -

생각의 지평을 넓히는 불편한 언어 공부

3년 가까이 매일 영어 단어 5개를 외웠다. 일주일에 한두 번은 TED 강연 영상을 꾸준히 봤다. 그러자 자막 없이도 강연 내용이 귀에 들어오기 시작했다. 강연 사이사이 단어와 문장들이 들리기 시작한 것이다. 그래서 다음엔 아예 한글 자막을 끈 채 영상을 보았다. 10여 분이 몹시 길게 느껴졌지만 도입부를 비롯한 몇 개의 예화들은 지레짐작을 더해 알아들을 수 있었다. 같은 영상을 자막을 켠 채 다시 보았다. '이런 내용이었구나' 하는 깨달음이 뒤이어 찾아왔다. 그 강연은 지금까지 보아온 100여 개의 TED 강연 중 가장 오랫동안 기억에 남는다. 내용을 이해하려고 온 힘을 다해 집중해 들었으니까. 그렇게 조금씩 '영어'에 자신감이 붙기 시작했다.

내친 김에 영화 한 편을 정해 자막 없이 보기 시작했다. 〈비포 선 라이즈〉였다. 문장 하나하나를 완전히 이해할 수는 없었지만 장면들의 맥락은 충분히 이해할 수 있었다. 그렇게 자막 없이 영화를 보기 시작하자 평소에 보이지 않던 인물들의 표정과 배경, 대화의 맥락이 좀 더 생생하게 다가오기 시작했다.

이 영화는 전혀 다른 두 세계의 사람이 같은 '언어로' 소통하는 과정이 얼마나 즐겁고 유익하며 행복한 것인지를 보여준다. 두 주인공의 사랑스런 대화도 인상적이지만 영화 중간에 뜬금없이 등장하던 현지인들의 모습도 잊을 수 없다. 특히 '밀크셰이크'라는 주제로 즉흥시를 지어주던 가난하지만 멋진 시인의 모습이 잊히지 않는다. 그들을 이어주는 다리는 다름 아닌 '영어'라는 언어였다. 내가 간절히 바라는 것은 그런 소통의 도구로서의 '언어'다. 그것은 단기, 속성, 비법으로 다다를 수 있는 '공부'와 '정복'의 대상은 아닐 것이다.

내가 TED 강연을 보는 목적은 '영어 공부'가 아니다. 사람들이 이토록 다양한 모양과 색깔로 살고 있구나 하는 발견이 주는 자극 때문이다. 10대 흑인들을 위한 인권 운동을 하는 연사가 TED에 나온 적이 있다. 수십 명의 손자를 따로 불러 '네가 가장 소중한 존재'라고 말해주었다는 할머니의 이야기를 들으며 자연스럽게 마음의 빗장이 열렸다. 그러다 명확하고 쉽고 또렷한 영어가 귀에 들어오자 이상하게도 '아름다운 영어 발음'에 마음이 끌리기 시작했다. 흑인 특유의 그루브를 타면서도 힘있는 악센트는 그가 하는 이야기에 묘한 매력을 더했다. 말이란 것이 이렇게 아름다울 수 있구나. 원어가 가진 힘을 처음으로 경험한 날이었다. 영어라서가 아니었다. 흑인이라서가 아니었다. 만일 내가 그의 말에 공감하지 못했다면 그런 경험은 하지 못했을 것이다.

TED의 매력은 상상 이상이었다. TED 강연을 꾸준히 보면서 새로운 생각과 지식의 접점만이 아닌, 인간과 인간이 소통하는 방법에 관한 쪽으로 관심이 확장되었고 그때부터 영상들이 달리 보이기 시작했다. 인간으로서 맞닥뜨리는 고민은 지구 위에 사는 우리 모두가 비슷하게 하고 있다는 것, 그런 연대감에서 시작된 공감이 TED의 힘이라는 사실을 실감할 수 있었다. 그래서 자막 없이 영상을 보는 횟수를 늘려갔다. 시간이 두세 배 더 들긴 했지만 말이다.

필요로서의 언어 공부

40년 가까이 아무리 해도 뚫리지 않던 귀가 하루 다섯 단어 외우기로 뚫리기 시작한 이유가 무엇일지 생각해본다. 그리고 그 질문에 답해보려고 한다. 어쩌면 언어 공부는 '공부'의 대상이 아니라 그 자체로서의 '필요'를 깨달아가는 과정이 아닐까. 나는 '영어' 자체를 '공부'하려 들지 않았다. 매일 다섯 단어를 외우는 나와의 약속을 지켰고, TED에 나오는 다양한 지식과 지혜, 깨달음에 열광했을 뿐이다. '영어'라는 언어로 된 노래가 주는 매력에 빠져들었고 영화 속 주인공들이 나누는 대화에 자막 없이 끼어드는 자유를 누리고 싶었다. 그렇게 언어가 정복과 극복의 대상이 아닌 소통의 파트너가 되면서 그 과정이 좀 더 즐거워졌다.

얼마 전부터 일어 공부를 시작했다. 매일 히라가나를 외웠고 가타카나를 외우는 중이다. 그리고 이제 매일 일어 단어 5개를 외울 예정이다. 공부 자체가 목적이라면 좀 더 빠르고 효율적인 방법을 고민했겠지만 나는 그 '목적'이 다르다. 나와는 다른 언어를 쓰는 사람들의 생각을 더 잘 이해하기 위해 언어를 공부한다. 시간이 걸리더라도 매일 조금씩 익히는 과정의 불편을 감수하려고 한다.

때가 되면 지브리 스튜디오 작품들을 자막 없이 보려고 한다. 전설이 된 일본 만화들을 원어로 읽어보려 한다. 일본 영화 〈걸어도 걸어도〉와 〈그렇게 아버지가 된다〉를 원어로 보고 현지인의 뉘앙스로 그 작품들을 제대로 이해해보려고 한다.

나의 목적은 '일어'가 능숙해지는 데 있지 않다. 생각의 지평을 넓히는 것이 진짜 목적이다. 그래서 일어가 늘면 좋지 않느냐고? 물론이다. 다만 그 시간을 당기려고 학원에 가진 않을 것이다. 대신 매일 일어 단어 5개를 외울 것이다. 10년이 걸리더라도 꾸준히 해볼 생각이다. 목적이 아닌 과정을 즐길 것이다. 나는 과정을 즐기는 게 즐거운 사람이니까.

시인의 눈으로
세상을 읽는 법

당신 생각을 켜놓은 채 잠이 들었습니다.

이 한 줄이 전부였다. 함민복이 쓴 시다. '시요일'이라는 앱을 통해 이 시를 처음 만났다. 어떤 긴 이야기의 시작 같기도 한 한 줄이고, 오래된 연인의 마지막을 알리는 한 줄 같기도 했다. 스탠드를 켜놓은 채 지쳐 잠든 한 사람의 모습이 그림처럼 떠올랐다. 묘한 여운이 일었다. 그날 이후 시집 한 권 사본 적 없는 내가 매일 시 한 편을 읽기 시작했다.

잠들기 전 시 한 편을 읽는 데 걸리는 시간은 5분 남짓. 하루에 5분 정도는 비효율적이어도 되지 않을까. 시는 상대적으로 길이가 짧아 소설이나 긴 글이 주는 부담이 없었다. 멈추어 곱씹어 읽게 한다는 점에서 하루의 분주한 삶에 거는 브레이크라는 생각이 들었다. 그렇게 하루를 마무리하는 스몰 스텝으로 '시'를 읽기 시작했다.

시는 어쩌면 '쓸모없음'의 대명사란 오명을 쓰고 살아왔는지도 모르겠다. 시인이라는 말을 들을 때면 마음 한 편에 동경보다는 안쓰러움이 밀려든 것도 사실이다. 그런데 시를 매일 만나면서 이런 생각에 균열이 생겼다. 시인들이 세상을 바라보는 시선 때문에 전율이 일었던 적도 적지 않았다.

과연 이 세상에 시인과 시집, 한 편의 시가 필요한 이유는 무엇일까? 주제넘기도 하고 한없이 어리석기도 한 이 질문을 던지게 된 것은 매일 잠들기 전, 일을 시작하기 전, 헛헛한 마음으로 아침을 시작할 때 한 편의 시가 가져다준 위로와 용기 때문이 아닐까 싶다. 시는 내가 아는 것보다, 상상했던 것보다 더 위대한 역할을 해오고 있었는지도 모르겠다는 생각이 든 것도 그 때문이다.

아직 누군가의 몸이 떠나지 않은 그네,

그 반동 그대로 앉는다

그 사람처럼 흔들린다

문동만의 '그네'라는 시를 읽자 내 몸에 반동이 느껴졌다. 누군가 그네를 타다가 떠난 그 자리에 내가 다시 앉는 장면을 떠올려본다. 그 그네에 앉았던 사람은 반동 속에서 어떤 생각을 했을까? 시인은 아직 그 누군가의 몸이 떠나지 않았다고 말한다. 그 반동 속에 여전히 흔들리는 한 사람의 모습을 시인은 읽은 것이다.

어른들은 생각을 정리하기 위해 무심코 그네를 탄다. 그때 마음은 흔들릴 수밖에 없다. 그네에서 내려와서도 마음은 여전히 흔들리고 있을 가능성이 높다. 마치 두고 온 그 그네처럼. 그래서 시인은 누군가의 몸이 떠나지 않았다고 표현한 것이 아닐까?

영화 〈가디언즈 오브 갤럭시〉에서 여주인공이 '워크맨'으로 음악을 듣는 남자 주인공에게 이렇게 묻는다.

"왜 음악을 듣는 거야?"

"이유가 있어서 듣는 게 아냐. 음악은 그냥 듣는 거야."

시든 음악이든 그 쓸모는 존재 자체에 있다. 영화나 드라마를 보거나 시와 소설을 읽는 것을 '비생산적'이라고 생각하는 사람들을 논리로 설득하긴 쉽지 않다. 음식의 열량을 칼로리로 표시하듯, 주식의 가치를 전광판에서 읽어내듯 모든 걸 숫자로 설명하려는 사람들에게 시의 아름다움과 보이지 않는 영향력을 논리적으로 설명하려는 것은 무모한 일일지 모른다. 그래도 조금 설명을 덧붙이고 싶다. 좋은 삶을 추구하는 수많은 사람들이 자신만의 노래나 앨범을 듣는 리추얼을 갖고 있다. 그들은 일에 집중할 때 자신이 가장 아끼는 노래나 앨범을 듣는다고 한다. 시도 마찬가지다. 시 역시 음악처럼 사람들의 마음에 감동을 주고 의욕을 준다. 그래서 많은 이들이 작은 스마트폰 화면으로라도 '매일' 시를 읽으려 드는 것이다. 나태주 시인이 말했듯 가벼운 이야기처럼 삶을 살기 위해서다. 아침에 본 새 한 마리를 이야기하기 위해서다. 아이들이 떠들며 노는 소리처럼 하루를 살고 싶어서다. 잠시 발을 멈추기 위해서다.

> 덩치 큰 이야기, 무거운 이야기는 하지 않기로 해요
> 조그만 이야기, 가벼운 이야기만 하기로 해요

아침에 일어나 낯선 새 한 마리가 날아가는 것을 보았다든지
길을 가다 담장 너머 아이들 떠들며 노는 소리가 들려
잠시 발을 멈췄다든지

그래서 나는 매일 밤 잠들기 전, 시를 읽는다. 그것이 내게 당장 어떤 유익이 되지 않아도 그 자체로 소중한 시간이기 때문이다. 하루의 분주함에 떠밀려 살아온 나를 정돈하는 시간이자, 미처 따라오지 못한 내 영혼을 기다리는 시간이다. 삶에는 효율로는 따질 수 없는 유익을 주는 것들이 있다. 매일의 시 한 편 읽기가 내게는 그런 것이다.

글쓰기를 위한
스몰 스텝

좋은 글을 쓰는 데는 시간이 필요하다. 생각이 무르익은 만큼 깊은 글이 나온다. 자신의 경험과 변화를 담은 글에는 힘이 실린다. 현란한 기교와 문장이 주는 즐거움은 그다음이다. 그런데도 많은 이들이 글쓰기 실력을 늘리기 위해 도구와 스킬에 집착한다.

좋은 글을 쓰기 위해 가장 필요한 것은 명료한 '생각'이다. 오직 그 사람에게서만 들을 수 있는 '이야기'다. 이런 이야기는 그 사람만의 '경험'이기 때문에 특별해진다. 하지만 이런 경험은 한순간에 쌓이지 않는다. 꾸준히 생각하고 기록하고 리뷰하는 과정이 반드시 필요하다.

세 줄 일기는 그런 의미에서 글쓰기를 위한 가장 좋은 '글감'

역할을 한다. 일주일 전의 나와 1년 전의 나는 같을까, 다를까. 어떤 것은 같고 어떤 것은 다르다. 다른 이유는 두 가지 중 하나다. 내가 그만큼 성장했거나 아니면 퇴보했거나. 그것이 바로 '나다워지는' 과정이다. 그것은 결코 하루아침의 고민을 통해 얻을 수 없다.

좋은 글은 좋은 생각이 만든다. 경험을 통해 구체화된다. 생각은 질문을 통해 성장한다. 끊임없이 스스로를 향해 질문을 던지는 사람만이 이런 성장을 경험할 수 있다. 좀 더 행복해지고 싶다는 열망, 주어진 문제를 해결하려는 노력, 내 마음을 끄는 대상에 대한 연구…. 이런 열망과 노력과 연구들이 쌓이는 과정을 통해 얻은 '자기만의 해답'이 그 사람다운 글을 쓸 수 있는 소스가 된다. 아무리 좋은 책을 읽어도 그것을 자기 것으로 소화할 수 없다면 의미가 없다. 아무리 좋은 경험을 해도 그것에서 배울 수 없다면 허망한 것이다. 자신만의 고유한 관심과 취향, 개성과 질문을 소유한 사람은 자신만의 생각과 경험을 통해 고유한 스토리들을 만들어간다. 좋은 글이란 결국 이런 과정을 텍스트로 옮긴 것에 다름 아니다.

새 신발을 사야겠다는 생각이 든 순간 주변 사람들의 신발만 보일 때가 있다. 카메라나 자동차를 사려는 사람들은 시키지 않아도 폭풍 검색을 통해 자료를 수집하고 검증의 과정을 거친다. '좋은 글'은 바로 이런 과정을 통해 얻은 개성 넘치는 생각들과 경험들이 텍스트와 책이라는 형태로 옮겨진 것이다. 도구와 스킬이 빛을 발하는 것은 이때부터다. 좋은 글감을 수집하고, 편집하는 과정을 돕는 책과 강의, 프로그램들은 숱하게 많다. 하지만 자신만의 글감, 즉 자신만의 생각과 경험들이 없는 사람들에게는 무용지물이다. 창의적인 사고조차 어느 순간 갑자기 만들어지는 것이 아니다. 기존의 생각과 경험들이 서로 충돌하고 조합하는 과정을 통해 만들어진다.

글을 잘 쓰고 싶다면 매일 세 줄만 써보자. 좋아하는 작가나 전문가의 글을 필사하자. 선호하는 주제의 팟캐스트를 구독하자. 관련된 기사와 콘텐츠들을 꾸준히 스크랩하고 메모하자. 책은 물론 강의 영상과 다큐를 정기적으로 시청해보자. 고민과 관심사가 비슷한 오프라인 모임에 참석해보자.

그렇게 자신만의 생각과 경험이 쌓이다 보면 언젠가는 그것을 글과 말의 형태로 쏟아내고 싶은 순간이 온다. 그런 글은 표현이 서툴러도 반드시 사람들의 반응을 이끌어낸다. 같은 고민이라면 공감할 것이고, 자신만의 해법을 보여준다면 열광할 것이다. 내가 생각하는 좋은 글이란 바로 그런 글이다. 스몰 스텝은 그 과정을 도울 수 있는 좋은 방법론이다.

자기 발견을 위한 다큐 리스트

스나다 도모아키는 화학 회사에서 40여 년간 월급쟁이로 일하다가 67세에 은퇴했다. 그는 친구들과 여행도 가고 가족들과 시간을 보낼 꿈에 부풀어 있었다. 하지만 그 기대는 오래가지 못한다. 위암 4기 판정을 받았기 때문이다. 수술조차 불가능한 상황에서 그가 보인 반응은 무엇일까? 억울하고 분할 상황에서 그는 '남다른' 선택을 한다. 바로 '엔딩노트'를 쓰기로 한 것이다. 그리고 그의 셋째 딸은 아버지의 마지막 7개월을 다큐로 기록한다. 다음은 그가 생의 마지막에 실천했던 엔딩노트의 항목들이다.

1. 평생 믿지 않았던 신을 한번 믿어보기
2. 손녀들 머슴 노릇 실컷 해주기
3. 평생 찍어주지 않았던 야당에 투표하기
4. 장례식 초청자 명단 작성하기
5. 소홀했던 가족과 행복한 여행 하기
6. 장례식장 사전 답사하기
7. 손녀들과 한 번 더 힘껏 놀기
8. 나를 닮아 꼼꼼한 아들에게 인수인계하기
9. 이왕 믿은 신에게 세례받기
10. 쑥스럽지만 아내에게 사랑한다 말하기

지금까지 수백 편의 다큐를 보았다. 소장가치가 있다고 생각한 100여 편은 외장하드에 따로 저장해놓았다. 그중 단 한 편을 소개하라면 이 다큐를 소개할 것 같다. '죽음'을 다뤘지만 우울하지 않다. 주인공 도모아키는 시종 담담하면서도 때로는 유쾌했다. 그는 남다르게 자신의 삶을 기록하고 마감했다. 그리고 자신의 엔딩노트이자 버킷리스트를 꼼꼼하게 실천했다. 영화라 해도 감동적이었겠지만 실화이기 때문에 그 울림은 더욱 컸다.

그 후로 적지 않은 일본인들이 엔딩노트를 기록하기 시작했다. 이렇게 죽음을 준비하며 자신의 삶을 기록하는 활동을 일본에서는 '슈카츠'(종활, 終活)라고 부른다. 한 사람의 용기가 새로운 문화를 만들어낸 것이다.

질문하는 다큐

다큐를 보는 이유는 일일이 열거하기 어려울 만큼 많다. 단 한 가지만 꼽으라면 다큐가 '질문을 던지기 때문'이다. 앞서 소개한 도모아키는 자신의 삶으로부터 다음과 같은 질문을 받았다. 마지막 순간을 어떻게 보내는 것이 가장 좋은 삶인가. 그는 절망하고 분노하는 대신 자신만의 답을 세상에 꺼내놓았다.

그는 아마도 회사에서 일한 40여 년간의 삶에도 최선을 다했을 것이다. 그러나 회사에 쏟은 것과 똑같은 열정을 가족에게까지 쏟을 수는 없었던 듯하다. 나를 포함한 대부분의 우리나라 직장인들도 그럴 것이다. 그러나 그는 미뤄두었던 숙제를 마지막 7개월 동안 혼신의 힘을 다해 수행했다. 그가 쓴 엔딩노트는 삶이 던지는 질문에 '자신만의 답'을 기록한 것이다.

그렇다면 스몰 스텝은 어떤가. 시기와 형식은 달라도 본질의 맥락은 같다. 내 삶에서 가장 중요한 것은 무엇인가. 나는 어떻게 내게 주어진 삶을 살아갈 것인가. 스몰 스텝은 어떤 삶이 나를 가장 행복하게 하는가에 대한 질문으로부터 시작되었다. 그리고 그 답을 매일 실천할 수 있는 리스트로 정리한 것이 '스몰 스텝' 항목들이다.

그동안 모은 다큐 리스트를 다시 한 번 살펴봤다. 대부분 나의 관심사와 맞물려 있었다. 나는 누구인지, 어떤 유형의 사람인지, 내가 왜 특정한 문제로 인해 그런 어려움을 겪었는지에 대한 질문을 다룬 다큐들이 많았다.

〈아이의 사생활〉 〈마음〉 〈당신의 성격〉 같은 다큐들은 그러한 질문에 명쾌한 답을 해주었다. 기억력, 뇌, 몰입, 창의성 같은 주제를 다룬 다큐들은 '지적인 호기심'에 열광하는 나의 본능을 제대로 건드렸다. 〈공부의 왕도〉 〈우리는 왜 대학에 가는가〉 〈시험〉 〈퇴사하겠습니다〉 〈야마다 사장-샐러리맨의 천국을 만들다〉 같은 다큐는 일과 공부를 대하는 내 태도를 다시 점검할 수 있게 해주었다.

만일 누군가 내가 선호하는 다큐 리스트를 분석한다면 내가 대략 어떤 사람인지 알아낼 수 있을 것이다. 나는 다큐를 통해 관심 주제의 질문들을 만났고 그 답을 들었다. 그리고 그 답들을 참고로 나만의 답을 만들어가고 있는 중이다. 다큐를 통해 수많은 힌트를 얻었고, 공감과 위로를 얻었으며, 해결의 실마리와 희망을 얻었다.

흥미로운 주제의 다큐를 만날 때마다 따로 기록을 해둔다. 최근에는 약 6년간 2,000편 이상의 다큐를 본 분이 추천한 132편의 다큐 리스트를 페이스북을 통해 공유받았다. 리스트를 저장해놓고 바로 페이스북 메시지를 보내 따로 만날 약속을 잡았다. 나와 비슷한 고민과 문제의식을 가진 사람임을 직감할 수 있었기 때문이다.

다큐는 단순한 호기심이나 재미를 넘어 '자신만의 질문'을 발견할 수 있을 때 비로소 빛을 발한다. 그러나 그런 질문은 하루아침에 찾아지지 않는다. 매주 한두 편씩 흥미를 끄는 다큐를 보는 과정은 그래서 의미가 있다. 그 과정을 통해서 비로소 '자신만의 질문'을 발견할 수 있기 때문이다. 그리고 '나만의 답'도 찾을 수 있다. 그래서 지금도 다큐를 본다. 내게는 또 하나의 소중한 스몰 스텝이다.

필사의 유익,
혹은 즐거움

10년 이상 글 쓰는 일을 하고 있다. 하지만 여전히 어렵다. 자리에 앉아 키보드 위에 손가락을 올리는 일도 쉽지 않지만, 모니터 위에 한 문장을 쓰는 것은 조금 더 어렵고, 생각과 달리 글이 막힐 때의 막막함은 10년이 지난 지금도 여전하다. 뭐든 이렇게 오래하면 쉽고 편안해질 만도 한데 어쩐 일인지 글쓰기는 매순간 새롭다. 익숙해지지 않는다. 문장의 대가들도 글쓰기를 어려워했다는 글을 읽곤 하지만 위로가 되지 않는다. 그들은 이미 좋은 글을 써냈고 그야말로 대가가 되지 않았는가. 그래서 나름대로 찾은 방법이 '필사'다.

필사를 처음 해보는 건 아니었다. 몇몇 책에서 필사의 유익을 접한 후로 흉내를 내긴 했지만 오래가진 못했다. 그래서 선택한 방법이 매일 짧은 칼럼을 모니터 위에 옮기는 것이었다. 그즈음 「중앙일보」에 칼럼을 쓰던 논설위원 권석천을 알게 되었다. 사회부 기자 출신의 현장 감각과 진보, 보수 언론을 모두 거친 균형 감각, 무엇보다 세상과 사람을 향한 따뜻한 시선이 돋보이는 글들이 '필사'를 유혹했다.

그 후 1년 동안 200편 이상의 다양한 칼럼을 옮겨 썼다. 권석천이 JTBC로 옮겨간 후 더 이상 칼럼을 쓰지 않으면서, 손석희의 '앵커 브리핑'과 판사 문유석의 글을 주로 필사했다. 그리고 이동진, 김혜리, 신형철, 허지웅의 칼럼과 필력으로 유명한 신기주, 김훈, 금정연, 서민의 글을 옮겨 썼다.

몰입을 위한 필사

필사는 이를테면 '마중물'과 비슷하다. 이른 아침 그들의 글을 옮겨쓰다 보면 굳어 있던 손과 생각의 근육이 조금씩 풀리기 시작한다. 좋은 글은 쉽게 읽힐 뿐 아니라 독자를 빠른 몰입으로 이끈다. 동시대를 살면서도 나는 결코 느끼지 못했던 문제의식들을 공유하면서 함께 기뻐하고 함께 분노한다.

권석천은 매번 다른 방식으로 쓴다. 취재 대상의 시선으로 글을 쓰기도 하고 1인칭 시점으로 몰입을 유도하기도 하고 대화체로 칼럼에 생동감을 더하기도 한다. 때로는 웅변하기도 하고 때로는 나직한 독백으로 잇기도 한다. 소재는 항상 사회적 이슈지만 전혀 다른 분야의 책이나 전문가의 말을 인용하기도 한다. 엄청난 독서량과 축적된 지식을 미루어 짐작할 수 있다.

좋은 음식이 좋은 재료와 셰프의 경험과 기술로 완성되듯 글 역시 마찬가지다. 무엇보다 좋은 글을 반복해 읽고 쓰다 보면 나름의 안목이 생긴다. 그 안목이 고스란히 글쓰기의 기술로 옮겨지는 것은 아니지만, 뭐 어떤가. 우리 모두가 셰프가 될 필요는 없지 않은가. 좋은 음식을 볼 줄 아는 안목만으로도 직업을 가질 수 있는 세상 아닌가.

나의 간단한 필사법은 다음과 같다. 먼저 필사하고 싶은 글을 정독한다. 읽는 데 5분을 넘기지 않는 짧은 글을 선호한다. 그래서 이동진이나 신기주처럼 호흡이 긴 글은 주말용으로 미뤄둔다. 문유석이나 손석희의 칼럼은 그런 면에서 필사에 최적화되어 있다. 시의적절한 내용을 짧은 호흡으로 쓰는 데다 자기 색깔이 분명하기 때문이다. 노트북에 칼럼과 에버노트를 화면 분할로 동시에 띄운 뒤 타이핑한다. 10분 전후면 충분하다. 펜으로 노트에 옮겨 쓰기를 한 적도 있었다. 하지만 시간적인 부담이 너무 컸다. 생각의 속도를 쓰는 속도가 따라가지 못하니 짜증이 날 때도 있었다. 그건 나에게 스몰 스텝이 아니었다.

필사하는 시간만큼은 '옮겨 쓰는 과정' 자체에 집중하지 않고 '내용' 자체에 집중하려고 애를 쓴다. 필자와 비슷한 호흡으로 생각을 따라가려고 애를 쓴다. 내용에 집중하다 보면 같은 주제에 대한 다른 생각들이 궁금해지기 마련이다. 그러다 보니 다양한 필자를 찾게 된다. 사실 같은 주제에 대해 다른 생각을 하는, 글 잘 쓰는 사람을 찾기는 쉽지 않다. 그래도 방법은 있다. 고수는 고수를 알아보는 법. 칼럼니스트들이 추천하는 책이나 전문가는 빠트리지 않고 메모를 해둔다.

필사하면서 던지는 질문은 한 가지다. 왜 그들은 이런 생각을 하게 됐을까? 어떤 근거로 이런 결론에 다다랐을까? 이 생각과 다른 사람은 누구이며, 그들은 왜 다른 생각을 할까?

"노벨문학상을 받는 것이 그렇게 중요한가요?"

해마다 노벨상에 목말라하는 사람들에게 던진 소설가 김영하의 질문은 그래서 신선했다. 사실 외부의 인정이 뭐 그리 중요하겠는가. 자신에게는 '멘토가 없다'는 작가 유시민의 답변도 놀라웠다. 배우고 싶은 선생님은 많지만 각자의 고유한 삶이 있기에 반드시 그들의 말을 따라 살 필요는 없다는 의미였다. 결국 이들이 말하고 싶은 건 한 가지다. 자신만의 생각과 기준으로 사는 것이 중요하다는 것.

다양한 글을 필사하다 보면 어떤 칼럼은 도입부만 읽어도 누가 쓴 글인지 알 수 있다. 그리고 깨닫게 된다. 그들도 매일 칼럼을 쓰는 지난한 과정을 통해서 자신만의 문체와 목소리를 지니게 되었다는 것을. 정말 '좋은 글'이란 결국 그 사람만의 독특한 생각과 통찰에서 나온다는 것을. 그래서 좋은 글을 쓰기 위해 필요한 것은 현란한 문체를 구사하는 연습이 아니라 생각의 연습이며, 그 생각은 결국 매일의 작은 실천과 경험에서 온다는 것을.

스몰 스텝에 대해 궁금한 것 몇 가지

밤새 스마트폰 알람이 울렸다. 분 단위로 브런치(일반인 작가들이 글을 공유하는 인터넷 사이트) 구독자 수가 늘었다. 하룻밤에 400번 이상의 공유가 있었고, 3,000명 이상이 글을 읽었다. '아주 작은 반복의 힘, 스몰 스텝'이란 글을 브런치에 소개한 결과다.

비슷한 경험이 얼마 전에도 있었다. '매일 잠들기 전 5분, 하루 세 줄 쓰기'란 글은 1,300번에 가까운 공유가 있었고, 13,000명 이상이 읽었다. 남다른 반응에 놀라지 않을 수 없었다. 그러면서 동시에 이런 생각도 들었다. 왜 사람들은 이런 주제에 끌리는 걸까? 강의를 통해 몇 가지 질문을 받았고 스스로도 품어왔던 몇 가지 의문에 답해보려고 한다.

맞다. 그런데 아니다. 형식은 '습관 만들기'와 크게 다르지 않다. 하지만 스몰 스텝의 목적은 거기서 그치지 않는다. 가장 큰 목적은 '나는 누구인가'에 대한 질문에 답하는 것이다. 즉 '자기 발견'의 솔루션으로서 접근한다는 점이다. 오랫동안 브랜드 전문지에서 일하면서 수많은 창업자들과 성공한 CEO들을 직간접적으로 경험했고 한 가지 사실을 깨달았다. 그들은 타인과의 비교나 경쟁보다는 가장 '자기다운' 모습에서 차별화의 방법을 찾는다는 점이다. 나는 그 방법을 알고 싶었다. 그 방법을 찾다가 발견한 것이 스몰 스텝이다.

자기 일에서 성취감과 행복감을 느끼는 사람들은 한 번에 큰 성취를 거두려 애쓰기보다는 늘 하던 일을 꾸준히 지속하는 데 에너지를 쏟는다. 속도보다는 방향을, 단기간의 성급한 성취보다는 지속성의 중요성을 알고 있는 것이다.

스몰 스텝은 이런 점에서 큰 위안을 주었다. 아주 작은 일도 반복하면 의미 있는 결과를 낳을 수 있다는 가설에 대한 믿음을 얻게 된 것이다. 그들은 평범한 일을 비범하게 해냈고, 작은 일에도 정성을 다했다. 나는 스몰 스텝을 통해 그 일에 동참했고 변화를 경험했고 그들과 같은 길을 걷고 있다고 확신한다. 이것이 스몰 스텝의 효과다.

Q. 스몰 스텝, 흔한 자기계발서의 내용 아닌가?

맞다. 그런데 아니다. 수많은 자기계발서들이 비슷한 이야기를 한다. 나 역시 1년에 100권의 자기계발서를 읽었고, 누구보다 그 글과 말들의 허망함을 많이 경험했다. 하지만 스몰 스텝은 수백 권의 자기계발서가 만들어내지 못한 변화를 1년 만에 만들어주었다. 스몰 스텝을 통해 나를 조금 더 이해하게 되었고, 나를 조금 더 신뢰하게 되었다. 인생을 타인의 시선으로 재단하지 않게 되었고 일상과 순간의 소중함을 새삼 느끼게 해주었다.

매일 세 줄을 쓰고, 산책을 하고, 필사를 하는 것이 당장 큰 변화를 만들어내진 않는다. 하지만 분명히 말할 수 있다. "나는 내가 좋아하는 일에서 에너지를 얻는다." 그래서 내가 싫어하지만 해야만 하는 일을 할 수 있는 힘을 얻었다. 다시 말하지만 스몰 스텝은 자기계발이 아닌 '자기 발견'의 관점에서 시작되었다. 성취나 성과나 성공은 그다음 문제다. 나는 1년 전보다 조금 더 나에 대해 더 많이, 자세히 알 수 있게 되었다. 그로 인해 내게 '더 맞는' 삶에 도전할 수 있었다.

Q. 어떻게 작심삼일의 벽을 넘어 스몰 스텝을 지속할 수 있는가?

좋은 브랜드는 한 번의 성공으로 만들어지지 않는다. 하나의 히트상품으로 좋은 브랜드가 되지 않는다. 그래서 수많은 기업들이 '지속가능성'을 이야기한다. 사람도 마찬가지다. 이삼 일 정도 흥분할 수 있는 일은 세상에 많다. 한두 달 정도 열심히 블로그를 하는 사람도 많다. 두세 달 영어 공부에 매진하는 모습은 흔하다. 하지만 한 가지를 꾸준히 하는 사람은 많지 않다.

서평만 2년을 꾸준히 썼더니 파워 블로거가 되었고 네이버 '오늘의 책'에서 서평 요청이 왔다. 한 해 동안 온라인 서점에서 서평으로 받은 적립금만 백만 원에 가까웠다. 내가 대단해서가 아니라 그만큼 한 가지 일을 꾸준히 지속하는 사람이 많지 않기에 이런 일들이 특별해 보이는 것뿐이다.

그래서 나는 스몰 스텝 플래너를 기록한다. 매일 그 결과를 체크한다. 단축키 하나를 익혀도 체크를 하고, 가계부를 한 번 써도 체크를 한다. 낯선 사람에게 인사를 한 번 해도, 팟캐스트 하나를 듣고 TED 동영상을 봐도 체크한다. 그것이 주는 '아주 작은 성취'의 기쁨을 알게 되면서부터다.

인간의 뇌는 단순하다. 체크하는 기쁨도 있지만 빈칸을 메우고 싶은 욕구도 있다. 스몰 스텝 플래너를 들여다보고 있으면 내가 놓치고 있는 부분들이 선명하게 드러난다. 스쿼트를 빼먹는 날들이 많아지고 있고, 한 사람과 깊이 있는 대화를 한 지가 오래되었으며, 이삼 주째 새벽 1시 전 취침에 실패하고 있는 내가 보이는 것이다. 하지만 위축되거나 죄책감이 들기보다는 그 빈칸을 메우고 싶어 다시 시작하는 경우가 대부분이다.

그렇게 두어 달을 계속하면 몸이 먼저 반응한다. 일어나면 자동적으로 성경 한 장을 읽고 좋아하는 칼럼니스트의 글을 옮겨 적는다. 스몰 스텝 플래너가 없었다면 지금의 나도 없었을 것이다. 이 단순한 플래너가 스몰 스텝을 지속할 수 있게 해주었다. 그리고 다른 한 가지 힘은 바로 '피드백'이다. 나는 내가 하고 있는 스몰 스텝에 대해 자꾸 소문을 낸다. 그들에게 말하기 위해서라도 의식하게 된다. 작은 칭찬과 격려, SNS의 좋아요와 댓글이 그 피드백들이다. 이렇게 글을 애써 써보는 것도 바로 그런 이유에서다.

Q. 스몰 스텝은 누구의 아이디어인가?

스몰 스텝이란 단어는 『아주 작은 반복의 힘』이란 책에서 가져온 것이다. 하지만 이 아이디어는 너무나 오래되었고, 많은 사람들이 검증한 방법론이다. 우리가 닮고 싶은 많은 사람들은 그 방법만 다를 뿐 저마다의 스몰 스텝을 갖고 있었다. 스티브 잡스의 산책이 그렇고 다산 정약용의 메모 습관이 그렇다.

스몰 스텝은 개인의 영역에만 머무르지 않는다. 스타트업들이 가장 많이 말하는 '린' 방식의 경영은 아주 작은 성공을 바탕으로 사업을 키워가는 것이다. '디자인 씽킹'은 개인과 기업, 공공단체가 스몰 스텝의 방법론으로 문제를 해결하는 방식을 정교화한 것이다. 누군가는 '스몰 해빗'(Small Habit)이라 하기도 하고 누군가는 '전략'으로 접근하기도 한다.

중요한 것은 방법론보다는 시작의 이유다. 내가 생각하는 스몰 스텝은 'Why'라는 질문에서 출발했다. 나는 누구인가? 가장 나답다는 것은 어떤 것인가? 나를 움직이는 힘은 무엇인가? 자기다운 삶을 살기 위해 무엇을 해야 하는가? 이 질문에 답하기 위해 수년 동안 고민했고 수많은 책을 읽고 사람을 만났다. 스몰 스텝은 그 오랜 고민의 결과로 찾은 나만의 솔루션이다.

Q. 그렇다면 당장 무엇을 해야 하는가?

우선 하루에 세 줄을 써보라. 하루 중 가장 안 좋았던 일, 좋았던 일, 그리고 내일에 대한 작은 다짐을. 점심시간이나 퇴근할 때 20분만 걸어보라. 그리고 그 시간 동안 좋아하는 음악이나 팟캐스트를 들어보라. 그러면서 타인의 기대와 이목에서 벗어나보라. 내가 누구인지에 대해 심각하게 고민하지 말고 그저 그 시간을 즐겨보라. 그런 시간을 보낸 지가 꽤 오래되었다는 사실을, 그런 시간을 갖기 위해 큰 노력이 필요하지 않다는 사실을 자연스럽게 알게 될 것이다.

그렇게 얻은 에너지로 조금 더 섬세하게 가지를 뻗어보라. 그 때부터는 전적으로 자기 취향에 따를 일이다. 하루에 시 한 편을 읽을 수도 있고, 5분 동안 책상을 정리할 수도 있다. TED나 세바시 강연을 들을 수도 있고 좋아하는 음악을 매일 한 곡씩 선곡할 수도 있다. 단, 가능하면 10분을 넘기지 않아야 하고 부담이 된다고 느끼는 순간 멈추어야 한다. 그리고 그 일이 나에게 힘과 의욕을 주는지 살펴보자. 힘과 의욕을 주는 일들을 하다보면 그게 바로 내 취향에 맞는 일들일 가능성이 높다. 그렇게 나만의 취향을 발견한 이후에는 지속가능한지 여부를 지속적으로 테스트해보라. 정말 그것이 당신다운 스몰 스텝이라면 자연스럽게 다른 스텝들로 뻗어가게 될 것이다.

그리고 Conneting the Dots

스몰 스텝은 일상에 작은 점 하나를 찍는 것이다. 인류의 조상들은 하늘의 별이라는 점을 잇고 스토리를 입혀 별자리를 만들어냈다. 그것은 항해사들에겐 목숨 줄이 되었고 목동들에게는 길잡이가, 아이들에겐 놀라운 이야기가 되었다.

스몰 스텝은 그렇게 내 인생을 발견해가는 작은 점이다. 매일 반복할 수 있는 아주 작은 습관 하나, 우연히 만난 낯선 사람, 갑자기 찾아온 기회 혹은 위기, 이런 것들을 기록하고 이어가는 과정이 바로 '나를 발견하고 만들어가는 과정'이다. 나는 스몰 스텝을 매개로 수많은 사람들과 기회들을 마주했다. 한 스타트업에서 스몰 스텝이라는 주제로 5주에 걸친 워크샵을 열었고 이를 매개로 서너 개의 모임을 만들어 수년째 지속하고 있다. 지금도 스몰 스텝에 대한 강의를 제안받고 있고, 기업에서 교육 프로그램도 진행하고 있다. 어떤 사람들은 이런 '작은 점'들을 만나도 그냥 지나치지만 누군가는 그 점들을 이어 자신을 발견하고 차별화해간다.

나에게 스몰 스텝은 '하루를 살아낼 힘'을 얻기 위한 작은 발전소다. 그렇게 하루에 충실할 수 있다면 그래서 오늘보다 내일 더 행복할 수 있다면 그것으로 족하다.

그래서 나는 오늘도 하루에 세 줄을 쓴다. 산책을 한다. 그리고 이렇게 글을 쓴다. 이 글을 읽는 당신도 당장 할 수 있는 일들이다. 누군가에게 끌려다니고 재단당하도록 내버려두는 삶이 아니라 가장 자신답게 사는 삶, 그 어느 것과도 비교할 수 없는 진짜 삶이 스몰 스텝을 통해 시작될 수 있다.

Tip 3.

팟캐스트 베스트 10

1. 이동진의 빨간책방

영화평론가 이동진과 소설가 김중혁 콤비가 책 한 권을 놓고 2주 동안 수다를 떤다. 다루는 주제는 소설뿐 아니라 역사, 음악, 심리, 철학 등 엄청나게 다양하다. 방송 앞부분에 소개하는 '내가 산 책' 코너는 책 구매의 가이드 역할을 하기도 한다.

2. 지적 대화를 위한 넓고 얕은 지식

지금은 방송이 되지 않지만 아직도 여전히 많은 사람들이 '지대넓얕'을 반복해서 듣는다. 평범해 보이지만 비범한 네 패널이 자신만의 명확한 관점을 가지고 하나의 주제를 다룬다. 제목과 달리 생각보다 깊고 넓다. 들을 때마다 새롭게 배우는 것들이 생긴다.

3. 듣다보면 똑똑해지는 라디오(듣똑라)

원래 이름은 '청춘라디오'였다. 중앙일간지 기자들이 나와 정치, 경제, 영화 등의 전문 분야를 놓고 수다를 떤다. 듣다보면 만만찮은 내공을 가진 현역 기자의 포스가 드러나곤 한다. 회사가 시켜서 한 게 아니라 자원해서 하는 방송임을 안 후 더욱 열심히 듣는다.

4. 김영하의 책 읽는 시간

몇 달에 한 번씩 업로드되는 매우 느린 방송이다. 불면증 환자들에게 진심으로 권하고 싶은 팟캐스트이기도 하다. 김영하 작가가 중단편 소설을 통째로 읽어준다. 자신의 소설을 친구들에게 전화로 읽어주던 경험을 팟캐스트로 옮겨온 것일까? 도입부에 나오는 김영하 작가의 첨언은 생각의 깊이를 짐작케 한다.

5. 더 드라마

드라마를 앞세우지만 콘텐츠, 사람의 욕망에 관해 이야기하는 프로그램이다. 드라마만큼 현실의 사람들이 미처 다 표현하지 못하는 욕망을 있는 그대로 보여주는 장치가 또 있을까? 패널인 작가와 PD, 감독은 '드라마'를 말하지만 나는 그 안에서 '인생'을 배운다.

6. B CAST

브랜드 관련 일을 하다보니 자연스럽게 듣게 된 팟캐스트. 매주 하나의 브랜드를 정해 그 주변 이야기, 숨은 이야기까지 함께 다룬다. 요즘 트렌드와 자본주의 사회를 살아가는 사람들의 소비를 통해 자연스럽게 '사람'을 읽게 된다. 가수 박지윤이 진행자라는 것이 작은 반전.

7. 황상민의 심리상담소

솔직하고 유쾌한 데다 번뜩이는 통찰까지 겸비한 심리학자 황상민이 사연을 읽고 상담하는 과정을 들려준다. 다양한 고민 속에 현실을 살아가는 우리 주변 사람들의 속마음을 읽을 수 있다. 독설에 가까울 정도로 신랄한 조언이 이 팟캐스트의 포인트다.

8. 김어준의 뉴스공장

정치가 생활과 얼마나 가까운지, 깨어있는 국민의 시선이 얼마나 필요한지를 느낀 후로 매일 챙겨 듣는다. 자유로운 포맷과 김어준만의 괴짜스러운 진행이 백미다. 그러면서도 날카로운 시선과 예리함을 잃지 않기에 꼭 챙겨 듣게 된다.

9. 나는 1인 기업가다

나처럼 혼자 일하는 '1인 기업가'들의 인터뷰가 매주 이어진다. 직장에 다니면서 자신만의 경쟁력을 기르고 싶어 하는 사람들에게 적잖은 도움을 주리라 확신한다. 게다가 얼마 전부터는 나도 이 팟캐스트의 한 코너를 맡고 있다. 강추한다!

10. 조우성 변호사의 인생내공

조우성 변호사는 기업 M&A 관련 전문 변호사지만 인문학적 내공이 전문가 못지않다. 오랫동안 블로그로 이름을 떨치더니 지금은 팟캐스트로 넘어와 그 이상의 인사이트를 주고 있다. 그야말로 인생내공을 쌓게 해주는 보약 같은 방송이다.

4장

가장 나다운 삶을 찾아서

나도 몰랐던
나를 만나다

지금도 그날의 기억이 생생하다. 퇴사 후 내 이름을 건 첫 강의 날이었다. 밤잠을 설쳤다. 강의 한 시간 전이 되자 천재지변이라도 일어났으면 좋겠다는 생각이 들었다. 하지만 아무 일도 일어나지 않았고 결국 강의는 시작되었다. 40여 개의 눈이 뚫어져라 나를 쳐다보았다. 그리고 한 시간이 지나도록 그들의 표정은 달라지지 않았다. '망했다.' 등으로 식은땀이 흘렀다. 이를 악물고 강의를 이어갔다.

다행히 점차 몸의 긴장이 풀어졌다. 그래서일까, 청중 몇몇의 표정이 눈에 띄게 밝아졌다. 내 이야기에 몰입하는 사람들이 하나둘 늘어났다. 이유는 알 수 없지만 묘한 웃음을 짓는 사람도 있었다. 그렇게 나의 첫 강의가 끝이 났다.

정신없이 명함을 주고받고 강의장을 빠져나왔다. 강의가 별 탈 없이 끝났다는 안도감을 느끼며 집으로 가는 버스에 올랐다. 그때 문자 한 통이 도착했다. 강의를 주최한 쪽 이사의 문자였다. 까칠하기로 유명한 그분의 칭찬 메시지였다. 그날 저녁, 아무것도 먹지 않았는데도 포만감이 밀려들었다. 그리고 문득 그 이유가 궁금해지기 시작했다. 왜 이번 일은 여느 일을 해냈을 때와 다른 만족감이 있을까. 강의료도 없는 파일럿 강의였다. 내 신변에 큰 변화가 있는 도전도 아니었다. 그럼에도 조금은 다른 의미의 성취감을 느낀 이유가 궁금해졌다. 그리고 그 밤, 고민 끝에 그 이유 하나를 찾아냈다.

심리 검사로는 알 수 없는 나

나는 그날 '나도 모르던 나'를 만난 것이다. 사람들을 말로 설득하고 감동을 주는 나. 나는 그날 내 안에 있는 줄도 몰랐던 새로운 나를 발견했다. 그날의 강의 만족도는 베테랑 강의자들과 비교해도 높은 수준이라고 했다. 문자를 보낸 이사는 강의 내용보다 내 목소리를 칭찬했다. 마이크가 필요 없을 만큼 또렷한 전달력에 놀라워했다. 종종 전화 목소리가 좋다는 이야기는 들었지만(그래서 만나면 실망도 크다는 농도 함께 들었지만) 목소리가 내 장점이라고는 한 번도 생각하지 않았다.

무엇보다 가장 놀라운 점은 내가 그 강의 자체를 즐겼다는 사실이다. 내향적이고 남 앞에 서는 걸 어려워하는 사람이라고만 생각했는데 강의에 집중하는 청중들에게서 느낀 희열은 낯설지만 흥분되는 경험이었다. 그것은 강의가 주는 압박감을 덮기에 충분했다. 그날 이후 강의의 기회들이 자연스럽게 생겨나기 시작했다.

'자신을 안다'는 것은 뭘까? 성적이나 학력처럼 수치화된 정보로 나를 말하는 것은 어쩌면 쉽다. 하지만 그 수치와 스펙만으로 사람을 평가한다는 것이 얼마나 어리석은 일인지는 요즘 많은 이들이 공감하는 생각이기도 하다. '사람을 안다'는 것은 그만큼 어려운 일이다. 함부로 '사람을 안다'고 말할 수 없다.

그리고 그것은 자기 자신에게도 적용된다. 사람들은 '자신을 잘 안다'고 착각하지만 어쩌면 가장 모르는 대상이 자신일 수 있다. 나 역시 수많은 심리 검사를 받고, 주변의 사람들로부터 여러 가지 평가를 들어왔다. 그런 결과를 통해 '알고 있던' 나는 소심하고 수줍으며 남 앞에 자신을 드러내기 힘들어하는 사람이었다. 회사 연말 행사를 촬영하느라 카메라를 들이댔을 때 가장 당황한 사람이 바로 나였다. 길을 걸을 때나 메뉴를 정할 때도 나는 사람들 뒤에 있는 경우가 많았다. 리더십을 발휘해야 하는 일이 가장 힘들 만큼 수동적인 사람이었다. 그런데 강의장에서 열변을 토하는, 낯설지만 그 시간을 즐기고 있는 나를 발견한 것이다. 그게 나였다.

세 줄 일기에 그날의 기억이 고스란히 남아있다. 그 후에도 나는 강의를 앞둔, 강의를 끝낸 내 모습을 세 줄 일기에 꼼꼼히 적어오고 있다. 강의가 시작되기 전의 불안과 초조는 언제나 세 줄 일기의 첫 줄을 채웠다. 그런데 그다음 날엔 전혀 다른 내용이 세 줄을 채웠다. 강의를 통한 교감과 성취감이 주는 만족과 희열로 가득한 기록이었다.

그렇게 강의는 나라는 사람을 설명하는, 나라는 사람을 움직이는 가장 강력한 엔진 중의 하나가 되었다. 그리고 그 경험과 자신감은 글로, 팟캐스트 출연으로 자연스럽게 이어졌다. 이후 여러 사람의 인정이 쌓이면서 새로운 내 모습이 만들어졌다.

'나도 미처 몰랐던' 숨은 나를 발견한 것이다.

나를 아는 용기가 필요하다

우리에겐 너무나 일반적인 선입견이 있다. 직장을 다니는 사람은 '월급'에 만족하고, 내성적인 사람은 '독서'와 '영화 감상'이 최선의 취미일 거라는. 그러나 모르는 일이다. 수많은 회사 대표 중 6, 7할은 사실 '내성적인 보스'라고 한다. 무대 위에서 관중을 뜨겁게 달구는 가수들이 모두 외향적일 거라 생각하지 않는다. 무대를 내려오는 순간 수줍어하는 내성적인 사람들도 많을 것이다. 세상에는 이런 뜻밖의 인생을 사는 사람들이 꽤 많다.

그러고 보니 한 가지 생각나는 일화가 있다. 20여 년 전, 대학교 사회학 수업이 있던 날이었다. 깐깐하기로 소문난 교수의 수업 중에 원서를 읽고 자신의 의견을 발표하는 시간이었다. 이제 막 대학에 입학한 학생들의 입은 좀체 열리지 않았고, 한두 명이 말하는 내용도 초점을 비켜가 있었다. 그때 내 순서가 돌아왔다. 나는 평소와 다르게 내 의견을 개진했고 그 답을 들은 교수는 눈시울을 붉히며 '감동했다'며, 칭찬을 했다. 이후 4년간 나는 사회학 수업 시간에 가장 인기 있는 조원이 되었다. 발표만큼은 믿고 맡길 수 있는 사람이 되었기 때문이다. 몇몇이 모인 술자리에선 숙맥이지만 400여 명이 모인 강당을 사로잡을 만큼의 소통 능력이 있었던 것이다. 하지만 몰랐다. 그것이 가장 나다운 모습의 일부일 줄은. 그저 작은 재주일 뿐이라 생각했다. 그것이 이후의 직업 세계에서 나의 경쟁력이 될 수 있을 거라는 생각은 단 한 번도 해본 적이 없었다. 아마도 그 이유는 눈에 보이는 수치나 스펙으로 표현하기 힘들었기 때문일 것이다.

그냥 자신을 돌아보고 들여다본다고 자신을 알게 되는 건 아니다. 자신에 대해 기록하자. 매일 세 줄을 쓰면서 나를 이끄는 힘이 무엇인지, 내가 흥분하며 탁월한 결과를 낼 수 있는 가능성이 어디에 있는지 관찰해보자. 내가 좋아하고 만족하는 아주 사소한 것들에 귀를 기울여보자. 그것은 매일 아침 이불을 개는 아주 작은 성실함일 수도 있고, 우연히 그린 그림 한 장, 무심코 잡아본 기타 코드 하나, 무심코 들른 여행지에서의 감동일 수도 있다. 그 순간의 작은 스파크 하나가 나도 몰랐던 전혀 다른 내 모습으로 인도할 수도 있다.

나는 그것이 몇 사람에게만 주어진 특권이라고 생각하지 않는다. 누구에게나 다른 이와 차별화된 특별함이 있다고 굳게 믿는다. 그리고 이 세상에는 그것을 발견한 사람과 그렇지 않은 두 종류의 사람이 있을 뿐이다.

바야흐로 취향의 시대

나는 펜과 노트를 좋아한다. 그러다 보니 각각의 펜이 지닌 미묘한 필기감에 눈을 뜨게 되었다. 어떤 펜이 어떤 노트를 만나느냐에 따라 전혀 다른 경험으로 이어진다. 만년필이 종이를 긁을 때의 사각거리는 소리가 왜 중요한지는 나도 잘 모르겠다. 하지만 분명한 건 일을 하는 나의 기분을 좌우할 정도로 내게는 중요하다는 것이다.

키보드를 고를 때도 유별나게 까다로운 소비자가 된다. 그 미묘한 키감의 차이가 너무도 선명한데 사람들은 '유난스럽다'고 여기는 것 같다.

모니터를 두 번이나 반품한 적도 있다. 모니터는 내 눈으로 색을 확인하기 전에는 그 차이를 확인할 길이 없기 때문이다. 미세한 픽셀과 색감의 차이가 도드라져 보이는 것을 어떡하란 말인가. 지금은 한 브랜드에 정착했지만, 그 취향을 감당하기 위해 엄청난 비용을 치러야 했다. 그리고 그 고민은 아마 앞으로도 계속될 것이다. 지금도 새로운 스마트폰이 나올 때마다 지름신이 강림하고 있기 때문이다.

취향의 이유

누구에게나 취향이 있다. 요즘엔 '개취'(개인의 취향)라고들 부른다. 디자인도 개취고, 살아가는 방식도 개취인 시대가 도래한 지 오래다. 하지만 자신만의 취향을 가지고 산다는 것은 생각만큼 간단치 않다. 식당에 가서 주문할 때는 '나도 같은 걸로'라는 손쉬운 선택의 유혹을 참아야 한다. 신문 기사 하나도 비판적으로 읽을 수 있어야 한다. 트렌드를 아는 것과 따르는 것은 전혀 다른 일이다. 우리나라 맥주가 맛없다고 하면 정말 그런지 의심해보아야 하고, 왜 특정 브랜드의 점퍼와 롱패딩이 유행하는지를 물을 수 있어야 한다. 남이 가는 길은 안전하기도 하지만 나를 '잃어가는' 지름길이기도 하다. 좋은 대학교와 큰 회사에 들어가는 것은 개인의 선택이다. 그러나 그것이 정말 자신이 원하는 삶으로 가는 길일 때는 더없이 큰 장점이지만, 남이 부러워하기 때문에 선택한 길이라면 방향을 잃어버리기 쉽다. 명함을 건넬 때의 짧은 희열보다 자신이 원하지 않는, 자신과 맞지 않는 일을 하기 위해 보내야 할 시간이 절대적으로 길기 때문이다.

내가 펜과 노트, 키보드와 모니터에 열광하는 이유는 다른 게 아니라 그것이 '글을 쓰는' 오감을 끊임없이 자극하기 때문이다. 일 못하는 사람이 연장 탓을 한다고 하지만, 정말 음악을 좋아하는 사람은 모노 라디오를 듣고도 감동할 수 있다고 하지만, 나 같은 평범한 사람들은 내가 좋아하는 일을 더 잘하기 위한 도구에 욕심을 내게 마련이다. 글을 쓸 때 듣는 음악이 따로 있고, 글이 잘 써지는 카페가 따로 있다. 좋은 글이 써지는 시간과 상황을 만들기 위해 남들보다 더 애를 쓰는 것이 꼭 유난스러운 일일까?

헤밍웨이도 글이 잘 써지는 타이밍엔 펜을 놓고 다음 날을 기다린다고 했다. 꾹꾹 참고 있다가 터져 나오듯 글을 이어가기 위해서다. 무라카미 하루키가 마라톤을 하고 베토벤이 하루 60알의 원두를 직접 세어가며 커피를 내려 마신 이유는 대체 무엇일까? 자신만의 일하는 방식, 사는 방식을 고민하며 찾아다닌 결과가 아닐까?

제품과 서비스가 평준화되면서 소위 '브랜드'의 중요성이 커진 것도 바야흐로 취향의 시대가 도래했기 때문이다. 품질이 비슷하다보니 그 제품과 서비스에 담긴 차별화된 의미와 스토리가 중요해지기 시작했다. 애플을 쓰는 대부분의 사람들은 스티브 잡스를 좋아하고 그의 철학이 제품에 담겨 있다고 믿는다. 그는 보이지 않는 내부의 회로도까지 보기 좋게 디자인한다. 그래서 비슷하거나 때로는 모자란 성능을 가지고도 열광적인 마니아들을 만들어냈다. 취향의 시대이자 철학의 시대이기 때문이다.

사람들은 '남다른 제품'과 '남다른 경험'을 갈구한다. 프랜차이즈 빵집이 아닌 동네 빵집에 열광하고 간판 없는 가게를 찾아다니는 것도 같은 이유다. 우리는 이제 좋은 대학과 좋은 직장으로 이어지는 '단 하나의 답'에 의심을 품기 시작했다. 그리고 '자기다운 삶의 방식'을 비로소 진지하게 고민하게 되었다. 휘게나 욜로, 저녁이 있는 삶과 워라밸(워크 앤드 라이프 밸런스, Work and life balance)로 이어지는 트렌드도 비슷한 맥락이다. 자 그렇다면 당연히 이런 질문으로 이어진다. 과연 나답게 살기 위해 우리는 무엇을 해야 할까?

취향을 발견하는 지난한 과정

취향은 하루아침에 만들어지지 않는다. 자신이 무엇을 좋아하는지, 무엇에 끌리는지, 어떤 것을 할 때 행복하고 감동하는지를 알고 있어야 한다. 그리고 이런 기준을 세우려면 수많은 시행착오와 다양한 경험이 반드시 필요하다. 음악적 취향을 찾으려면 좋아하지 않는 수백 곡을 거친 뒤에야 비로소 인생의 한 곡을 만날 수 있을 것이다. 취향에 맞는 소설을 찾으려면 수백 권의 소설을 읽은 후에야 자신이 좋아하는 서너 명의 작가를 비로소 만날 수 있을 것이다. 음식을 좋아한다면 평범한 식당들을 전전해야 진짜 맛집 하나를 찾아낼 수 있지 않을까? 남이 대신 골라준, 남이 좋다고 하는 게 아닌, 자신만의 선택은 저절로 이루어지지 않는다. 시간과 비용을 들이고 때로는 실패와 비난의 눈길도 감수할 수 있어야 한다. 취향은 그런 과정을 거칠 때에야 비로소 나만의 선명한 개성으로 자리 잡는다. '자기답다'는 것은 바로 그런 취향의 총합은 아닐지. 그 취향이 사람과 비즈니스, 인생에 대한 선택의 기준으로 이어질 때 비로소 한 사람은 '자기다운 삶'을 살아갈 수 있다. 아마도 우리가 아는 많은 위인, 혹은 롤모델들은 이런 과정을 거쳐 자신만의 삶을 살아냈을 것이다.

누구나 나다운 삶을 살 수 있다. 나는 그런 삶을 추구하면서 인생의 많은 문제들이 자취를 감추는 것을 실제로 경험하고 있다. 그것이 내게 삶을 선물한 그 누군가에 대한 최소한의 예의가 아닐까. 아니, 나는 그렇게 살아가는 것 자체가 삶의 이유이자 행복이라 믿는다.

자신만의 시간과
장소가 필요하다

골목은 좁고 구불구불했다. 오래된 동네가 주는 특유의 느릿한 공기가 주위를 떠돌았다. 급하게 지나가는 사람도, 자동차도 없었다. 가끔씩 눈에 띄는 주민들도 대부분 나이가 지긋한 어르신들이었다. 나도 덩달아 느긋해져 느릿느릿 골목길을 걸었다. 처음 찾아간 곳은 일본식 카레집, 어린 시절 아버지의 탁주를 사러 갔던 시골 가게나 만화방을 떠올리게 하는 정겨운 풍경의 오래된 집이었다. 식당이라기보다는 이웃집 평상에서 저녁 한 끼를 먹는 기분이었다. 카레 맛 때문인지, 추억의 힘 때문인지 모르지만 꽤 맛있는 한 끼였다.

카레 집을 나와 그래픽 노블과 그림책을 전문으로 하는 피노키오 서점을 찾았다. 책을 팔고자 하는 의지가 있는지 의심스러운 주인장이 먼 산을 보는 가운데 책을 집어 들었다. 수영장을 오가는 평범한 일상을 담은 책의 제목은 『염소의 맛』. 염소의 맛이 수영장 물맛을 의미한다는 사실을 알기까지는 조금의 시간이 필요했다. 곧이어 산 채로 매몰되는 돼지 사육 농장의 비극을 담은 책과 그림이 그로테스크한 그래픽 노블을 연이어 읽었다. 둘째에게 줄 그림책 한 권을 계산하고 나와 '커피 리브레'에서 내가 맛본 중 최고의 신맛을 지닌 커피를 마셨다. 카페 뒷문으로 오래된 시장의 풍경이 그대로 드러나 보였다. 다시 골목을 나와 지하철로 향할 때는 제법 날이 어둑해져 있었다.

느린 시간 속을 산책하다

왜 나는 대낮에 그곳 연남동을 찾았던 것일까? 그날 걸었던 그 길은 골목길 하나하나를 선명하게 떠올릴 수 있을 만큼 생생한 기억으로 남아 있다. 나는 그날 걸었고, 먹었고, 읽었고, 보았고, 마음속 깊은 곳의 소리를 들었다. 지루함과 무료함과는 또 다른 의미의 느린 시간 속을 걷다가 빠져나온 기분이었다.

사람은 모두 다르다. 어느 누군가는 격렬한 운동을 하며 살아 있음을 경험한다. 다른 누군가는 콘서트장의 열기를 통해, 또 다른 누군가는 악기를 연주하며 일상에선 맛볼 수 없는 충만함을 경험한다. 누군가는 브런치를 먹으며 수다를 떨면서, 누군가는 이자카야에서 청주와 따끈한 어묵탕을 앞에 두고 넥타이를 느슨하게 풀면서 자신을 확인한다.

나는 길을 걸으며, 글을 쓰며, 내 마음속에서 들리는 소리에 귀를 기울이며 '나다운' 보폭과 방향을 조율한다. 연남동은 그런 내게 작은 축복의 장소처럼 찾아왔다. 그곳에 가는 것만으로도 마음에 평화가 찾아오는 기분이었다. 적어도 서울에서는 연남동이 내 영혼의 숨겨진 작은 고향인 셈이다.

지금 충만한가?

사람은 다 다르다. 그래서 에너지를 회복하는 방법도 모두 다르다. 그것을 확인하는 방법은 간단하다. 그 시간을 지내고 나서 말로 설명할 수 없는 충만함을 맛볼 수 있는가의 여부다. 아무리

재밌고 즐겁고 유쾌했다 하더라도 몸과 마음이 지치는 기분이 든다면, 어쩌면 '자기답지' 않은 방법으로 시간을 보냈기 때문인지도 모른다.

분명한 건 아무리 몸이 고되고 힘들어도 가슴 뿌듯한 만족과 희열이 가득해지는 시간과 장소와 경험은 따로 있다는 것이다. 내게는 그것이 걷고, 생각하고, 글을 쓰는 시간이다. 소소하고 소박한 경험들로 가득한 좁은 골목길을 가진 연남동은 이 모든 것이 가능한 나만의 특별한 공간인 셈이다. 연남동과 비슷한 장소들이 몇 개 더 있다. 그래서 구글 지도에 '가장 나다워지는 장소'를 표시해두고 따로 시간을 내어 들르곤 한다. 선릉이 그렇고, 강남 교보문고가 그렇고, 분당의 탄천이 그런 곳이다. 여러분에게도 자신만의 시간과 장소가 따로 있는지 모르겠다. 그런 이야기가 통하는 사람이라면 한번쯤 연남동 골목을 함께 거닐며 이런저런 이야기를 나눠보고 싶다.

누구에게나
빛나는 삶이 있다

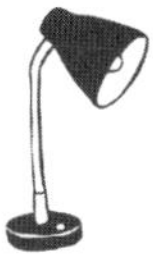

우리 집에는 1년에 네 번 손님이 온다. 처음엔 행사 같았으나 10여 년이 지난 지금은 당연한 일이 되었다. 이 손님을 처음 만난 것은 '가정 체험'이라는 교회 행사에서였다. 보육원 아이를 초대해 일주일간 그야말로 '가정'을 '체험'하는 행사였다. 초등학교 입학 전에 만난 손님이 곧 고등학생이 된다. 올해는 거대한 캐리어에 짐을 싣고 와 한 달 동안 지내다 갔다. 떠나는 날 백화점에 들러 신발을 사주었다. 꼼꼼히 신발을 고르던 아이가 대뜸 돈을 벌면 이모(이 손님은 아내를 이렇게 부른다)에게 구찌를 선물하겠다고 했다. 문득 아내가 그동안 벌인 몇 가지 사고들이 떠올랐다. 굳이 표현하자면 빛나는 사고들이다.

아내는 누군가를 도울 때 얼굴에서 빛이 났다. 피로를 빨리 느끼는 편인데도 그런 일을 할 때면 전혀 다른 사람이 되었다. 누군가를 돕는 데서 오는 보람은 일상적인 보람과는 조금 달라 보였다. 그건 마치 내가 좋아하는 일에 빠져 있을 때의 몰입과 비슷했다. 의무감이나 책임감 때문이 아니라 그 과정 자체를 즐겼다. 그리고 그 마음을 상대방이 먼저 알아챘다. 여전히 나와는 거리가 있는 이 손님도 아내만큼은 제 엄마처럼 편하게 대하고 속마음을 털어놓았다. 나는 그런 모습들이 내내 신기했다. 그리고 궁금해졌다. 무엇이 아내에게 그런 마음과 에너지를 주는 것일까. 하지만 정작 당사자는 그냥 좋아서라고 했다. 마음이 끌린다고 했다.

사람마다 끌리는 게 다르다. 누군가에게는 매우 피곤한 일이 다른 누군가에게는 에너지를 얻는 일이 된다. 여러 명을 동시에 만나면 쉽게 피곤해지는 나와 다르게 누군가는 만남과 수다 그 자체에서 에너지를 얻는다. 누군가에게는 번지 점프가 흥분되는 일이지만 다른 누군가에겐 상상도 못 할 공포를 준다. 그래서 자신에게 에너지를 주는, 마음이 끌리는 일을 찾는 것이 중요하다.

아내에게는 그것이 사회에서 외면받고 소외 당하는 누군가와 교감을 나누는 일이었다. 그것이 누군가의 이목이나 책임감 때문이었다면 10년 동안 변함없이 한 아이를 보살피는 것은 불가능했을 것이다. 단순한 동정심이었다면 상대방이 그 진심을 먼저 알아차리고 외면했을 것이다. 그렇게 편하게 한 달 동안 쉬러 올 생각을 하지 못했을 것이다.

사고는 여기서 그치지 않았다. 아내는 버림받은 길고양이 두 마리를 입양했다. 집 안의 소파와 의자들은 고양이들이 할퀴어 남아나지 않았고, 뒤처리 작업도 만만치 않았다. 깨끗하고 깔끔한 환경을 좋아하는 내게 뜯어진 벽지와 고양이 냄새는 최대치의 스트레스를 주었다. 하지만 그렇게 버림받은 존재들과 마음을 열고 나누는 교감이 아내에게 어떤 위로를 주는지 아는 이상 투덜거리면서도 차마 쫓아낼 수가 없다. 나 역시 내게 힘을 주는 삶이 무엇인지를 알고 있기 때문에 아내의 삶도 존중하는 것이다.

나다운 삶이란 어쩌면 타인의 '그다운 삶'을 돕는 것이다. 나는 오늘도 고양이 똥을 치우고 모래를 채우고 찢어진 소파에 테이프를 붙인다. 다행히 이 일이 조금씩 쉬워지고 있다.

열심만으로
부족한 시대를 살아가는 법

10년 만에 오랜 친구를 만났다. 중견 기업의 중국 법인장으로 6년간 일하다가 암이 발견돼 갑작스레 귀국한 친구였다. 다행히 수술은 잘 마쳤고 새로운 기업의 이사로 '바쁜 삶으로의 회귀'를 앞두고 있었다. 친구의 얼굴은 다행히도 밝았다. 경찰 공무원, 대학교에서 진로 상담을 하는 친구와 함께 넷이서 송년회로 만나니 감회가 새로웠다. 무엇이 그렇게 바빠서 10년을 못 보았을까? 한창때를 함께한 친구들이라 시간의 장벽 따위는 느낄 수 없었다. 결혼 후 첫 집들이를 했을 때의 멤버들이 고스란히 모인 셈이었고 아이들 나이도 비슷했다.

대화의 주제 역시 너무나 자연스럽게 공통의 고민으로 옮겨

갔다. 70, 80까지 무엇을 하며 먹고 살 것인가. 한 친구는 진급에 실패하거나 포기하면 식물인간처럼 '연명의 시간'을 보내야 하는 경찰 선배들에 대해 이야기했다. 경쟁을 위해 상도덕 따위는 무시하는 헤드헌팅계의 무서운 현실 이야기가 이어졌다. 부사장 자리까지 가기 위해 이제까지와는 차원이 다른 경쟁 앞에 선 친구의 얘기를 듣다보니 이런 의문이 들었다. '암이 발병할 정도로 치열하게 고민하며 살아온' 친구에게 도대체 무엇을 더 바라는가. 그런 의문이 이야기가 이어지는 내내 머릿속을 떠나지 않았다. 대체 우리는 얼마나 더 열심히 살아야 하는가 말이다.

각자 다 다른 행복

적지 않은 친구와 지인들이 한국을 떠났다. 그들이 선택한 곳은 대부분 호주나 캐나다, 뉴질랜드다. 대형 제약회사에서 영업사원으로 일하면서 밤마다 술을 마시며 견디던 친구는 지금 캐나다에서 요리를 배우고 있다. 사업을 하던 교회 선배는 호주로 떠나 뒤늦게 신학을 공부하고 있고 대기업 출신의 프로그래머인 지인은 온 가족이 함께 이민을 떠난 지 오래되었다. 그들이 얼마나 '성공'적인 삶을 사는지는 알 수 없으나 적어도 '불행'해 보이지는 않았다.

SNS의 많은 글들이 다른 곳에서의 '다른 삶'을 말하며 사람들의 관심과 호응을 얻고 있다. 티브이 프로그램들은 북유럽 국가들에서 '행복의 비밀'을 캐기도 하고, 어떤 작가는 '한국이 싫은 이유'를 소설로 펴내기도 했다. 이렇듯 그냥 성공하는 삶이 아닌 다른 삶에 대한 욕구의 온도는 매우 높다.

40대가 되어서야 알았다. 20대까지의 삶의 방식으로는 더는 견뎌내기 힘들다는 것을. 지금까지 살아온 방식이 그저 '열심히' 살아가는 삶이었다면 앞으로의 40년은 조금 다르게 살아야 한다는 사실에 우리 넷은 의견을 모았다. 그저 '잘하는' 것으로는 부족하고 한 분야에서 '대체불가능한' 특별한 무엇이 있어야 한다는 것에 이의를 제기하는 친구는 없었다. 문제는 'So what'이다. 그래서 우리는 뭘 해야 하지? 우리 아이들에게는 어떤 삶을 살라고 말해주어야 하지? 우리는 결국 답을 찾지 못한 채 10년 만의 송년회를 마치고 쓸쓸히 강남 골목을 빠져나왔다. 그리고 친구들에게 미처 하지 못한 몇 가지 이야기들을 마음에 안은 채

집으로 돌아왔다. 그 이야기는 다음과 같다.

삶의 방식에 대한 고민

다른 삶은 있다. 우리가 몰랐을 뿐이다. 그것은 수능 성적을 올리고 스펙을 쌓는 것과는 비교할 수 없는 삶의 방식이다. 다른 이들과 비슷한 삶이 아니라 '자기다운' 삶을 지금이라도 고민해야 한다. 그것은 직장을 바꾸거나 직업을 바꾸는 이직이나 창업에 대한 고민을 넘어서는 것이다. 그것은 삶의 방식에 관한 고민이다. 자신의 삶에서 무엇이 중요한지를 치열하게 고민하고 그에 대한 답을 찾아가는 삶이어야 한다. 얼마나 더 많이 벌 것인가, 어떻게 하면 남에게 기죽지 않을 것인가에 대한 고민이 아니라, '이 삶'을 자신이 '선택'했다고 말할 수 있는 삶의 방식과 그 선택에 대한 분명한 이유를 찾아야 한다. 자신만의 '삶의 철학'을 지녀야 하는 것이다. 남이 알아주지 않더라도 내가 좋아하는 삶, 내가 만족하는 삶, 내가 책임지는 삶을 만들어가야 한다.

그래서 친구들에게 해주고 싶었던 이야기는 이미 그런 삶을 살아가고 있는 젊은이들의 이야기다. 골목 깊숙한 곳에서 마카롱을 팔며 일주일에 사흘만 일하는 친구들이 있다. 가방 하나도 자신의 삶의 방식에 맞게 만드는 브랜드들이 이미 시장에서 인정을 받고 있다. 대기업을 다니다가 일과 삶의 균형을 지키기 위해 그 좋은 직장을 뛰쳐나오는 친구들이 적지 않다. 무엇이 중요한지에 대한 자신만의 철학을 실현하고 있는 사람들이다. 어쩌면 우리에게 필요한 건, 우리 아이들에게 주어야 할 가이드는 이런 삶의 방식인지 모른다.

그런데 이런 삶을 살게 하는 '하나의 방식'은 없다. 누구나 인정하는 한 가지 삶의 방식이 존재한다고 믿었던 이전과는 다른 선택을 해야만 한다. 그리고 그 선택엔 '정답'이 없다. 굳이 비유하자면 우리는 주관식 문제 앞에 서 있는 셈이다. 그 문제를 풀기 위해 필요한 한 가지는 다시 말하지만 '나다운' 삶에 대한 고민이다. 그리고 나다운 삶은 정답을 찾는 것이 아니라 정답을 만들어가는 삶이다.

나만의 속도로 살아가는 법

바보 같은 짓이었다. 그러나 어쩔 수 없었다. 천만 원짜리 프로젝트 의뢰가 왔는데 거절할 수밖에 없었다. 백만 원짜리 일을 하고 있었기 때문이다. 천만 원짜리 일을 하면서 백만 원짜리 일을 만족스럽게 해낼 자신이 없었다. 두 가지 일을 모두 만족스럽게 해내려면 보름은 밤을 새워야 할 것 같았다. 물론 20대의 나로 돌아가 죽는 셈치고 한다면 못 해낼 것도 없을 것 같았다. 그러나 그 선택의 순간에 한 가지 질문이 떠올랐다.

"이런 삶을 5년 후에도 이어갈 수 있을까?"

나는 고개를 가로저었다. 안정적인 수익을 얻는 대신 포기해야 할 많은 것들이 떠올랐기 때문이다. 천만 원짜리 일을 제안한 담당자는 당장 일을 시작하자고 했다. 필요하다면 합숙을 해서라도 일을 마치자고 했다. 하지만 그 일에 올인하려면 지금 하고 있는 일들의 많은 부분을 소홀히 할 수밖에 없을 것 같았다. 그것은 먼저 일을 제안한 사람과의 신뢰를 해칠 것이 분명해 보였다. 그 신뢰는 프로젝트의 액수로 가늠할 수 없다고 생각했다. 며칠 간의 고민 끝에 거절의 뜻을 전할 때는 큰 결심이 필요했다. 하지만 지금도 그렇고 앞으로도 나는 같은 결정을 내릴 것이다.

남다르게, 나답게

사람들은 저마다의 속도로 산다. 단기간에 생각지도 못한 결과를 뽑아내며 성취감을 누리는 사람들을 나는 적지 않게 알고 있다. 그들의 목표는 보통 사람들의 기대를 훌쩍 뛰어넘을 만큼 높다. 그 일이 성공할 경우 만족도도 높다. 그러나 그러기 위해서는 많은 희생이 뒤따른다. 그런 삶을 함부로 평가할 순 없다. 그러나 그렇게 사는 사람을 인정하는 것과 그들처럼 사는 것은 전혀 다른 문제다. 나는 '그들처럼' 살고 싶지 않다. 나는 내 속도로 살고 싶다. 그것이 비록 놀라운 성취와 대단한 부를 가져다주지 못한다 해도 말이다. 하나를 잡으려면 다른 하나를 놓아야 한다. 그것이 삶의 법칙이다. 모든 것을 가질 수 없고, 모두에게 칭찬받을 수 없다. 그리고 그 선택은 온전히 '자기다운' 것이어야만 한다.

나는 조금 느린 삶을 살고 싶다. 매일 아침 커피 한 잔을 마시며 나를 돌아보는 시간만큼은 지키고 싶다. 일의 노예가 아닌 주인으로 살고 싶다. 그 일을 선택하는 기준이 '돈'보다는 '신뢰'였으면 좋겠고 나를 채우는 일이었으면 한다. 매일의 그 일이 남을 돕기도 하지만 나를 살찌우기도 했으면 좋겠다. 형식은 을이지만 갑의 삶을 살고 싶다. 다른 누군가가 할 수 없는 나만의 일하는 방식을 만들고 싶고, 나만이 할 수 있는 일의 주도권을 쥐고 내 속도로 살고 싶다.

그렇다고 게으르게 살고 싶지는 않다. 오래도록 일하려면 자신의 삶의 속도를 알아야 한다고 생각한다. 순간의 목표에 도달하기 위해 무리한 나머지 건강과 가족과 신뢰를 잃어가는 모습을 너무나 많이 보아왔다. 단기간에 무엇인가를 이루려면 희생이 뒤따르게 마련이다. 때로는 희생도 필요한 법이지만 그것이 절대로 잃어서는 안 될 가치 있는 것일 경우엔 얘기가 달라진다. 일의 성공을 위해 가족과 친구의 신뢰를 포기하는 것은 어리석은 일이다. 적어도 나는 그렇게 생각한다.

삶의 속도를 지키는 방법

삶의 속도를 지키는 장치에는 여러 가지가 있을 것이다. 나의 경우엔 스몰 스텝 플래너가 그 장치다. 하루 동안 잊지 않고 해야 할 목록들이 삶의 속도를 보여주는 속도계인 셈이다. 체크하지 못한 빈칸이 많다는 것은 내 삶의 속도가 지나치게 빠르다는 증거다. 하루 중 단 10분을 못 낼 만큼 바쁘다는 것은 건강하지 않다는 것이다. 내 삶의 질이 훼손되고 있다는 증거다. 물론 클라이언트의 만족을 위해 최선을 다할 때는 미련 없이 플래너를 내려놓는다. 그러나 그 일이 끝나면 다시 삶을 점검하기 시작한다. 삶의 속도를 회복하기 위해 아침에 일어나 일기를 쓰고, 영어 단어를 외우고, 성경을 읽고, 음악을 듣고, 필사를 한다. 그렇게 삶의 리듬을 찾아간다. 만일 내가 이런 스몰 스텝을 하나씩 밟아가지 않았더라면 내 삶은 지금과 많이 달랐을 것이다. 생각보다 무리했을 수도, 생각보다 게을렀을 수도 있을 것이다. 터널에 들어가면 주변의 풍경을 느낄 수 없어 속도감을 잃고 사고를 내기 쉬워지듯이. 그래서 나는 매일 스몰 스텝을 밟는다. 내 삶의 속도를 지키며 살기 위해서.

Tip 4.

TED 강연 베스트 12

18분의 강연으로 과연 무엇을 얻을 수 있을까? TED 강연을 듣다 보면 알게 된다. 세상의 거의 모든 지식을 배울 수 있음을. 당연한 줄 알았던 것을 다른 시각으로 보게 되고, 피부색도 나라도 종교도 다른 이들의 삶이 결국 나와 같음을 깨닫게 된다. 뚜렷한 자기 생각을 가지고 불가능에 도전하는 사람들이 주는 울림은 생각보다 크다. TED는 세상의 모든 통찰을 모아놓은 듯한 지식과 지혜의 보고다. 그래서 삶이 나태해질 때마다 18분의 인사이트를 충전한다.

1. Shawn Achor : The happy secret to better work

긍정심리학자인 강연자는 행복과 성공은 세상을 바라보는 관점에 의해서 좌우된다고 말한다. 그러면서 21일간 매일 2분씩 세 줄의 감사 일기를 써볼 것을 제안한다. 그날의 긍정적인 일을 한 가지 떠올리는 것만으로도 두뇌와 행동을 바꿀 수 있다고 말한다. 내가 본 TED 강연 중 가장 유쾌하다.

2. Matt Cutts : Try something new for 30 days

무엇이든 30일만 반복해보라는 단순한 제안을 담은 이 강연은 72개국의 언어로 번역되었다. 하루의 기억을 흘려보내지 않고, 도전과 실행을 통해 자신감을 얻으며, 자신이 실천한 결과를 보여주는 짧은 강연은 말한다. 실행이 답이라고.

3. Kelly McGonigal : How to make stress your friend

스트레스를 보는 관점을 바꿔주는 강연. 스트레스 자체가 나쁜 것이 아니라, 그것을 받아들이는 사람의 태도에 의해 스트레스의 결과가 달라진다는 것이 강연의 요지다. 외부의 자극보다 그 자극을 어떻게 해석하고 반응하느냐가 더 중요하다는 의미.

4. Isabel Allende : How to live passionately – no matter your age

나이 든다는 것은 두려운 일이다. 그런데 이 강연은 누구나 멋있게 늙을 수 있다는 사실을 보여준다. 나이와 상관없이 열정적인 삶을 사는 사람을 만나고 싶다면 이 강연을 보라.

5. Angela Duckworth : Grit – The power of passion and perseverance

이 강연을 통해 '그릿'이라는 단어가 유명해졌다. 성장(Growth), 회복력(Resilience), 내재적 동기(Intrinsic Motivation), 끈기(Tenacity)의 앞 글자를 따서 만든 단어로 미국 심리학자인 앤젤라 더크워스가 개념화한 용어다. 실패와 좌절에 주눅 들지 않고 묵묵히 어려움을 이겨내는 힘이 바로 그릿이고, 이 내면의 힘을 기르는 방법을 강연을 통해 이야기한다.

6. Brené Brown : The power of vulnerability

'vulnerability'는 상처(비난)받기 쉬움, 약점이 있음, 취약성이라는 뜻이다. 이 동영상은 TED 강연 중에서도 더 특별한 사랑을 받았다. 강연자는 '연약함'을 숨기지 않고 있는 그대로 드러낼 때 더 나은 삶으로 한 걸음 나아갈 수 있다고 말한다.

7. Robert Waldinger : What makes a good life? Lessons from the longest study on happiness

좋은 삶을 만드는 행복에 관한 강연. 하버드 연구진은 무려 75년간 남성 724명의 인생을 추적하는 연구를 지속해왔다. 하지만 이 엄청난 연구가 발견하고 증명한 결과는 허탈하기까지 하다. 바로 친밀하고 좋은 관계가 건강과 행복에 필수적이라는 사실. 그래서 돌아보게 된다. 이 사소해 보이는 관계를 만들고 지키기 위해 얼마나 많은 시간과 노력을 기울이고 있는지를.

8. Sarah Lewis : Embrace the near win

완벽함 자체를 좇지 말고 그 과정을 누릴 수 있어야 한다는 메시지를 전하는 강연. 강연자는 완성에 집착하지 않고 미완이 주는 가치를 깨달을 수 있을 때 오히려 더 나은 결과를 만들어낼 수 있다고 단언한다. 분홍색 옷을 입은 아름다운 흑인여성이 먼저 떠오르는 강연이다.

9. Susan Cain : The power of introverts

수전 케인은 베스트셀러 『콰이어트』의 저자다. 내가 본 TED 강연자 중 가장 소심하고 수줍어 보이는데 이 강연을 무려 1,800만 명이 보았다. '내향적인' 사람들이 가진 놀라운 영향력이라는 강연 내용에 잘 부합하는 결과다. 당연한 것처럼 보이는 고정관념들이 무너질 때 가장 TED스럽다는 생각이 든다.

10. Tim Urban : Inside the mind of a master procrastinator

우리 모두는 매일 무언가를 '미루며' 산다. 미루기의 죄책감으로부터 벗어날 수 있게 해주는 강연이다. 그리고 그토록 무언가를 미루는 이유를 알게 되었을 때 자발적인 변화의 동력을 얻게 되는 자신을 발견하게 된다. 웃음이 끊이지 않는 유쾌한 강연이기도 하다.

11. Cesar Kuriyama : One second every day

이 남자는 가장 기억하고 싶은 1초의 순간을 매일 기록해왔다. 그 과정을 통해 일상의 소중함을 깨달았고, 매일 활기찬 하루를 시작할 수 있게 되었으며, 무엇보다 더욱 재미있는 하루를 살기 위해 노력하게 되었다고 고백한다.

12. Celeste Headlee : 10 ways to have a better conversation

우리가 가장 중요하다고 말하면서도 가장 잘 못하는 것이 있다면 아마 대화일 것이다. 이 동영상은 더 나은 대화를 나누는 10가지 방법을 알려준다. 순간에 충실할 것, 설교하지 말 것, 열린 질문을 할 것, 대화의 흐름을 따를 것, 모르면 모른다고 할 것, 자신의 경험을 타인과 동일시하지 말 것, 했던 말을 또 하지 말 것, 경청할 것, 짧게 말할 것. 우리는 다 안다. 다만 실천하지 못할 뿐.

5장

스몰 스텝,
위기를
만나다

다시 심장을 뛰게 하는 법

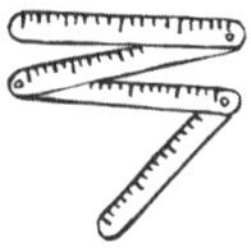

어느 날 저녁 무심코 펴본 스몰 스텝 플래너는 텅텅 비어 있었다. 게을러서 그런 건 아니었다. 오히려 그 반대였다. 몇 주간 이어진 프로젝트가 난항을 겪으면서 모든 신경을 거기에 쏟았기 때문이다. 텅 빈 플래너를 보며 이상한 기분이 들었다. 왜 단 세 줄의 기록도 남길 수 없었을까? 왜 영어 단어 몇 개를 외울 시간과 시 한 편을 볼 여유조차 없었을까? 표면적으로는 일 때문이었다. 하지만 나는 알고 있었다. 마음만 먹으면 몇 개의 스몰 스텝은 가능했으리라는 것을. 나는 그 두어 주 동안 내가 가장 중요하게 여기는 무언가를 놓치고 있었다.

스몰 스텝을 시작한 건 대단한 걸 이루기 위함이 아니었다. 그저 그것이 내가 정말 바라는 무언가를 찾기 위한 바로미터가 되길 바랐다. 누군가의 요구가 아닌 내 마음이 시키는, 나를 움직이는 힘을 발견하는 '도구'로 스몰 스텝을 실천하고 싶었다. 그래서 마음이 움직이지 않고 자연스럽게 실행하지 못하는 스몰 스텝은 큰 고민 없이 플래너에서 제외하곤 했다. 대신 크게 마음을 쓰지 않아도 자연스럽게 하게 되는 목록들을 새로 추가했다. 그날 스몰 스텝을 실행하지 못해도 X표를 하지 않았다. 목표를 정해두고 치열하게 수행해나가는 자기계발과는 달랐다. 스몰 스텝은 오히려 그것과는 정반대의 목적으로 시작한 일이었다.

내가 할 수 있는 것들에 대한 냉정한 기준

다시 빈 플래너를 바라보았다. 하루 24시간 중 단 10분의 여유를 내지 못한 이유가 무언지 다시 한 번 생각해보았다. 일상을 잠식당할 만큼 일의 노예가 되는 것은 과연 건강한 삶일까? 텅 빈 플래너는 한 푼이라도 더 벌기 위해 큰 고민 없이 덜컥 일을 맡아온 나를 보여주고 있었다. 지금 하고 있는 일이 내가 할 수 있는 일인지, 어쩌면 능력 밖의 일을 맡았다가 기존의 하던 일들까지 소홀히 한 건 아닌지 다시 살폈다. 일에 과도하게 투자하는 시간이 일상의 밸런스를 허물고 있었다. 모든 것을 다 쏟아부었지만 결과는 썩 좋지 않았다. 오히려 잘 하고 있던 다른 일들의 일정에 차질이 생기기 시작했다. 결론을 내야 했다. 이런 식으로 무리해서 일을 끌고 갈 것인지, 아니면 지금부터라도 삶의 균형을 우선에 두고 내가 할 수 있는 일에 대한 냉정한 기준을 만들어야 할지를.

두어 주쯤 신문 사설 필사를 쉰다고 해서 큰 문제가 생기지는 않는다. TED 동영상을 며칠 안 본다고 삶에 큰 누수가 생기지도 않는다. 오히려 그 시간들을 낭비라고 보는 사람도 많을 것이다. 자본주의 사회에서는 '적당히'라는 말이 통하지 않는다. 목숨을 걸고 경쟁하듯 승부해야 살아남을 수 있는 직업과 일들이 너무 많다. 하지만 스몰 스텝은 그 열심에 또 하나의 열심을 더하기 위해 시작한 것이 아니다. 나에게 하루를 살아갈 힘을 주는 무언가를 찾아가는 한 가지 방법이었다. 나는 그 짤막한 스몰 스텝의 실천을 통해 삶의 밸런스를 찾고 그다음 날을 살아갈 힘을 얻고 있었다. 그러니까 텅 빈 플래너는 어쩌면 삶의 균형과 방향을 잃고 있다는 일종의 신호이자 경고인 셈이었다. 적어도 내겐 그랬다.

일상의 밸런스를 회복한다는 것

가까스로 일을 마무리하고 밤 11시가 넘어 집을 나섰다. 한 시간 동안 꽤 긴 산책을 했다. 12시가 넘어서 그날의 세 줄 일기를 쓰고, 영단어를 외우고, 필사를 했다. 그러자 오히려 피로가 풀리고 머리가 맑아졌다. 밀린 숙제를 억지로 하는 기분과는 거리가 멀었다. 오히려 중요하지 않은 것들을 몰아낸 후 느껴지는 경쾌함이 밀려들었다.

다시 플래너에 체크 표시들이 채워지기 시작했다. 마치 심박기의 그래프가 널뛰는 모니터를 바라보듯, 플래너 위의 체크 물결들을 한동안 바라보았다. 그리고 다짐했다. 아무리 바빠도 그날의 스몰 스텝만큼은 채워가기로. 다시 방향타를 정북으로 고쳐 잡았다. 내가 좋아하고 원하는 쪽으로. 그리고 그 삶을 더 많은 이들에게 전하는 하루를 살기로 결심했다. 그날은 아주 기분 좋게 잠자리에 들 수 있었다.

지속가능한
스몰 스텝을 위하여

오래전 함께 일했던 직장 동료를 만났다. 지금은 포털 사이트 기획자로 일하고 있는 그는 육아휴직을 계획 중이라고 했다. 당장은 안정적인 직장이지만 그 다음 스텝을 고민하고 있었다. 그렇게 의기투합한 우리는 휴직 기간 6개월 동안 거의 매주 만났다. 서로의 관심사와 정보와 지식을 공유했다. 서로의 스몰 스텝을 확인하고 아이디어를 주고받았다. 그와의 만남을 통해 나는 자칫 느슨해지기 쉬운 스몰 스텝의 끈을 다시 조일 수 있었다.

또 다른 한 그룹은 '다큐'를 주제로 만났다. 스타트업 강의 프로그램으로 만난 그들과 매달 다큐 한 편을 본다. 그리고 다큐에 대해 저마다의 생각을 자유롭게 이야기한다. 대학생, 취준생, 사회생활한 지 2년이 채 되지 않은 그들과 내가 1년 이상 꾸준히 만난다는 사실이 신기하게 여겨질 때가 있었다. 하지만 나이 차이는 가뿐히 넘을 수 있었다. 내게는 그들의 신선한 시선이 새로운 자극을 주고, 그들에게는 나의 작은 인생 경험이 도움이 될 수 있음을 알았기 때문이다.

20대가 취업을 고민할 때 40대는 인생의 후반전을 다시 준비해야 한다. 『퇴사하겠습니다』라는 책으로 유명해진 한 일본 기자의 다큐는 두 세대에 동일한 질문을 묵직하게 던져주었다. 그리고 함께 고민하는 과정을 통해 똑같은 결론에 도달했다. 남의 눈을 의식하느라, 타인과 경쟁하느라 내가 살고 싶은 삶을 놓치지 않겠다는 각오였다. 그래서 함께 모임을 하던 취준생 친구는 모임을 시작한 지 1년 만에 대기업 인턴 생활을 마감하고 아일랜드로 떠났다. 좀 더 넓은 세상에서 자신의 가치를 인정받고 싶다는 의지의 결과였다.

스몰 스텝은 지속하는 것이 가장 중요하다. 하루 10분을 넘기지 않는 것을 강조한 이유도 지치지 않기 위해서였다. 일주일을 지속하지 못하는 스몰 스텝을 목록에서 바로 빼기로 한 것도 같은 이유에서였다. 누구도 지시하지 않고 간섭하지 않는 자발적인 시도이기에 포기하기도 쉽다. 그래서 함께하는 사람을 찾는 것이 중요하다. 스몰 스텝을 해야 할 이유보다 하지 않아도 될 이유가 백배는 더 많다. 조금이라도 바빠지면 일주일이 훌쩍 지나간다. 매일 아침 5분이 아쉬울 만큼 바쁜 일들은 예고 없이 찾아온다. 갑작스레 손님이 찾아오는 주말이면 그다음 날 텅빈 플래너를 마주하게 된다. 그렇게 하루 이틀 빠지기 시작하면 일주일이 통째로 날아갈 때도 있다.

물론 스몰 스텝에 매일 이유는 없다. 그러나 스몰 스텝을 쉬다 보면 삶의 밸런스가 속절없이 무너진다. 매일 세 줄을 쓸 여유가 없다는 것은 새빨간 거짓말이다. 하루 한 곡의 음악을 듣고 시 한 편을 읽을 시간이 없다는 것은 핑계다. 게으름은 한순간에 일상을 점령한다. 그렇게 일주일을 보내고 나면 그동안 뭐 했나 하는 자괴감이 찾아든다. 스몰 스텝을 빠트리는 것은 중요하지 않다. 하지만 내 삶의 균형이 무너지는 것은 심각한 문제다.

페이스북이나 브런치를 통해 의외로 나와 비슷한 고민을 하는 사람이 많다는 사실을 확인했다. 수십만 명이 스몰 스텝에 관한 내 글을 읽어주었다. 페이스북에 달린 댓글을 통해 이 작은 실천이 가진 영향력을 실감하고 격려를 받았다. 강의와 교육 프로그램이 만들어지기도 했다. 그리고 그 모임을 통해 더 많은 사람들을 만났다. 좋은 글을 쓰려면 외부의 피드백이 반드시 필요하다. 그 반응이 새로운 글, 더 좋은 글을 쓰게 하는 동력이 되어 주기 때문이다.

스몰 스텝도 마찬가지다. 끊임없이 자신이 하고 있는 작은 실천의 경험들을 외부에 공유해야 한다. 소셜 채널은 이를 위한 최고의 도구들이다. 비 오는 날에도, 12시가 지난 밤에도 나는 산책을 했다. 그리고 그 짧은 경험을 페이스북과 브런치에 올렸다. 칭찬과 격려의 댓글을 읽으며 다시 한 번 결심을 붙잡는다. 더 열심히 스몰 스텝을 실천할 용기를 얻는다.

평범한 일상이 특별한 의미와 가치를 지니기 위해서는 축적의 시간이 필요하다. 그런 의미에서 꾸준함과 성실함은 스몰 스텝을 지탱하는 가장 중요한 가치들이다. 그리고 이를 위해서는 본능적으로 게을러지기 쉬운 자신을 다잡을 장치들을 만들어야 한다. 내 경험상 혼자서 이 일을 해내기는 쉽지 않다. 격려와 공감이 오가는 모임이 필요하다. 한 사람이든 열 사람이든 서로를 응원하고 스몰 스텝을 지속할 수 있도록 돕는 모임을 만든다면 스몰 스텝은 쉽게 중단되지 않을 것이다.

단기, 속성, 비법이라는 거짓말

J.Fla라는 가수가 있다. 나만의 노래를 찾기 위해 유튜브를 돌아다니다 우연히 알게 된 가수다. 우리가 생각하는 일반적인 가수는 아니고 커버송을 주로 부른다. 원곡을 재해석해 자신의 스타일로 부르는 것이다. J.Fla의 채널 구독자는 600만 명을 넘었고 영국 음반 회사와 계약까지 마쳤다. 매주 꾸준히 올라오는 커버송에는 팬들이 직접 번역한 자막만 15개 국어에 이른다. 'Shape of Mind'라는 곡은 조회수만 1억 건을 넘어섰다. 적어도 '커버송' 장르에서는 이미 글로벌한 위치에 올라선 것이다.

사실 이런 사례는 넘쳐난다. 주식과 미스터리에 관심에 많았던 채사장은 팟캐스트 '지대넓얕'을 통해서 자신의 이름을 알렸고, 여러 권의 베스트셀러를 냈다. 임블리는 '인스타그램'을 통해서 자신의 이름을 딴 '온라인 쇼핑몰'을 성공시켰고, 정성하는 유튜브를 통해 세계적인 기타리스트의 반열에 올랐다. 이들의 공통점은 과거의 스타들이 걸었던 일반적인 성공의 길을 따르지 않았다는 것. 티브이 출연이나 메이저 기획사의 도움 없이 오직 자신의 '실력'만으로 지금의 자리에 오른 것이다. 그리고 그 뒤에 유튜브나 인스타그램, 팟캐스트라는 새로운 채널이 있었고, 그 뒤에 '다양한' 취향에 눈뜬 새로운 세대의 호응이, 그것도 글로벌한 반응이 있었다. 나는 그 뒤에 한 가지가 더 있다고 생각한다. 바로 작은 반복의 힘, 스몰 스텝의 힘이다.

기타리스트 정성하의 아버지는 아들의 재능이 아까워 유튜브에 연주 동영상을 올리기 시작했고 정성하는 수많은 이들이 추종하는 아티스트가 됐다. J.Fla도 오랜 무명 생활을 견디는 방법으로 자신이 좋아하는 노래를 웹상에 공유하면서 새로운 인생이 시작됐다. 전 세계 팬들이 보내는 탄성과 칭찬의 댓글이 그들에게 얼마나 힘이 되었을지는 짐작하기 어렵지 않다. J.Fla의 경우 대부분의 팬들이 동남아시아에 있다고 한다. 이들은 모두 자신이 좋아하는 일을 조금씩 꾸준히 반복했다. 그 용기 있는 반복이 긍정의 피드백을 부르고, 다시 그들의 실력을 한층 업그레이드하게 하는 선순환의 구조가 만들어진 것이다.

나 역시 그런 변화의 경험을 매일 새롭게 하고 있다. 무심코 올린 스몰 스텝에 관한 경험담은 브런치의 뜨거운 반응으로 이어졌다. 브런치를 통해 출판사를 만나 책 출간이라는 소중한 기회를 얻었다. 그리고 비슷한 생각을 하던 사람들이 곳곳에서 연락해오기 시작했다. 다양한 사람들을 대상으로 하는 강연의 기회는 물론 교육 프로그램 개발까지 하게 되었다. 대단한 스펙도 경력도 없던 나 같은 사람에게 믿기 힘든 기회들이 지금도 계속 이어지고 있다. 하지만 나는 알고 있다. 이것이 하루아침에 만들어진 기회나 결과들이 아니라는 사실을. 3년 이상 스몰 스텝을 이어오면서 차곡차곡 쌓인 경험의 결과임을 나는 잘 알고 있다. 그리고 앞으로도 계속 이 스몰 스텝을 이어가야 한다는 사실도 잊지 않고 있다.

세상에는 단기, 속성, 비법이라는 단어들이 넘쳐난다. 하지만 단기간에 속성으로, 비법으로 변화하는 일은 없다고 믿는다. 설사 그것이 가능하다 하더라도 오래 지속하거나 자신만의 성공으로 만들어가는 일은 쉽지 않을 것이다. 오직 우직하게 자신의 길을 걷는 사람들에게만 비로소 진짜 성공의 기회가 주어진다. 그러니 내 마음을 끄는 일, 가장 나답다고 생각하는 작은 실천의 대상을 찾아보자. 오랫동안 외롭게 두었던 기타가 있다면 먼지를 털고 하루에 코드 하나씩만 배워보자. 읽은 책의 한 구절이라도, 산 책의 목록만이라도 매일 기록해보자. 그리고 그것을 다양한 사람들에게 꾸준히 알려보자. 스몰 스텝은 아주 작다. 그러나 그 결과는 결코 작지 않다.

시속 4킬로미터로 걷는 인생

책 한 권을 꺼내들었다. 도입부를 읽어보니 빨리 읽고 싶은 충동이 일었다. 하지만 책의 분량은 대략 400페이지. 마음이 더 조급해진다. 이건 아니다 싶어 심호흡을 한번 하고 흥미로운 챕터를 찾았다. 대략 서너 페이지다. 훑듯이 재빨리 읽은 후 다음 챕터로 넘어가려는 욕망을 애써 누르고 다시 그 챕터를 읽었다. 처음 읽었을 때는 눈에 띄지 않던 이름과 내용이 눈에 들어오기 시작했다. 그리고 또 읽는다. 처음 읽었을 때보다 내용에 더 깊이 다가선다. 그렇게 서너 번을 읽은 후에 '워크플로위'에 필사를 시작했다. 그렇게 한 시간가량 읽은 총 분량은 스무 페이지를 넘지 않았다. 하지만 워크플로위에 필사한 내용은 결코 하찮지 않았다. 그 일을 꾸준히 해오면서 한 주제에 접근하는 생각이 이전보다 훨씬 깊어졌다.

조급함이 주는 절망

'애플 슬라이서'란 도구가 있다. 사과를 한 번에 조각내주는 도구다. 문득 그 이름이 떠오른 건 책을 대하는 나의 조급증이 그와 닮았기 때문이다. 왜 우리는 무슨 일이든 한 번에 끝장을 보려고 드는 걸까? 소설처럼 사건의 전개에 따라 주인공의 뒤를 좇아야 하는 책이라면 완독이 당연히 중요하다. 하지만 많은 책들은 꼭 순서대로 읽을 필요가 없다. 책의 모든 내용을 숙지해야 하는 것은 아니라는 말이다. 하지만 우리는 책을 교과서처럼 순서대로, 그리고 완벽하게 '정복'하려고 들 때가 많다. 그리고 앞장만 밑줄과 손때가 빼곡한 영어, 수학 참고서처럼 결국 그 책에 질리거나 물린 채로 완독에 실패할 뿐 아니라 독서 자체에 실패하곤 한다. 그렇게 배워온 탓이다. 그렇게 살아온 탓이다. 목표에 눌려 과정을 즐기는 법을 배우지 않은 탓이다. 입시건 취업이건 인생은 모 아니면 도라는 잘못된 가르침에 오염된 탓이다. 그래서 인생의 목표나 문제들을 한 번에 해결하려 든다. 그러다가 아무것도 해결하지 못하는 좌절감 앞에서 고꾸라지곤 한다.

사람이 일반적으로 걷는 속도는 시속 4킬로미터 정도라고 한다. 하지만 우리는 버스나 지하철, 택시 혹은 자신의 차를 운전하는 데 익숙해져 있다. 그만큼 '빠른' 속도에 익숙해져 있는 것이다. 그래서 '느리게 걷는' 것의 유익을 알지 못한다. 우리가 움직이고 생각하게끔 설계된 속도가 있다면 그것은 아마도 시속 4킬로미터가 아닐까? 스티브 잡스가 왜 그토록 산책에 매달렸는지 걸어보면 안다. 그것은 아마도 생각의 속도를 닮았기 때문일 것이다. 애초에 설계된 인간의 '원래 속도'로 걷고 생각하다 보면 바쁘게 지나치느라 보이지 않던 것들이 보이고, 생각지 못했던 것들이 떠오른다.

왜 책 한 권을 단숨에 다 읽어야만 하는가? 왜 우리는 매사에 그렇게 조급할까? 서너 페이지의 글은 결코 몇 분 만에 기록되지 않았다. 작가가 그 서너 페이지를 완성하기 위해 들인 시간은 최소 며칠, 몇 달 혹은 몇 년일지도 모른다. 어쩌면 그 사람의 평생이 단 몇 줄의 문장에 담겨 있을 수도 있다. 그런데 왜 우리는 그렇게 급하게 읽어대고 또 잊어버리는 실수를 반복하는 것일까.

어느 배우가 리얼리티 프로그램에 나온 장면을 유심히 본 적이 있다. 그 배우는 아침에 일어나 가장 먼저 기도를 했다. 그리고 해독 주스와 간단한 밥과 반찬으로 식사를 하고 운동을 했다. 특이한 것은 티브이와 스마트폰을 단 한 번도 보지 않았다는 것이다. 오로지 자신이 하는 운동, 자신이 먹는 주스, 자신이 먹는 밥에만 집중했다. 그리고 그 모습은 다른 출연자를 비롯한 나를 당황하게 했다. 그 모습에서 한 가지 짚어볼 것이 있다. 우리는 너무 분주하게 산다. 한꺼번에 너무 많은 일을 해내려 한다. 그것은 분명 욕심이다. 그것이 우리의 일상과 건강과 삶을 무너뜨린다. 티브이나 스마트폰이 해롭다는 말을 하려는 게 아니다. 어떤 것을 볼 때 그것에 집중해야 그것으로부터 무언가를 얻을 수 있다는 이야기를 하고 싶었을 뿐이다.

책 한 권을 빨리 읽어내고 완전히 이해해야 한다는 조급증에서 자유로워진 순간부터 나의 책 읽기는 좀 가벼워졌다. 한 장을 읽어도 제대로 읽다보니 생각의 지평이 더 넓어졌다. 단 하나의 문장을 통해 이전에 만났던 사람이 떠오르고 책이 떠오르고 나만의 독특한 생각이 자리를 잡는다. 그러면 그 내용을 글로 옮겨 쓴다.

언젠가부터 에버노트에 스몰 스텝 다이어리라는 이름을 붙여 그동안 모아놓은 생각의 조각들을 빼곡하게 담아놓았다. 그것은 문장이기도 하고, 강연이기도 하고, 시의 한 구절이기도 하고, 명언이기도 하고, 영화 대사이기도 하고, 노래 가사이기도 하다. 책과 영화, 다큐, 방송 프로그램, 신문 사설, 블로그…. 그 출처와 모양도 제각각이다. 하지만 어느 순간 촉발된 하나의 생각이 무언가와 연결되면서 폭발이 일어난다. 나는 아직 그 수준까지는 다다르지 못했지만 이 사실만큼은 분명한 '진리'라고 말할 수 있다. 새로운 자신만의 생각은 오랫동안 묵혀둔 다른 이들의 지혜와 연결되는 과정을 통해 온다는 것, 그 길에 지름길은 없으며 혹 있다 해도 지속할 수 없다는 것이다.

누구에게나
최고의 시간은 있다

어느 날 저녁, 그날따라 평소보다 일찍 잠자리에 들었다. 기분 좋게 일어나 시계를 보니 아직 날이 밝으려면 한참이나 남은 새벽 시간이었다. 사방이 고요하고 고즈넉했다. 서재로 가서 스탠드를 켰다. 온 세상에 나만 존재하는 것 같은 착각에 마음이 한없이 차분해졌다. 나도 모르게 그 전날 쓰다 만 글을 다시 열었다. 그리고 그날 아침 온 가족이 깨어날 때까지 며칠 걸릴 분량의 글을 모두 써냈다. 생각이 명료해진 탓에 글 역시 선명했다. 매끄럽게 읽히는 글을 읽으며 한 가지 깨달음을 얻었다. 때로는 나의 준비와 실력 부족이 아니라, 주변의 소음과 방해로부터 온전히 독립할 수 있는 시간과 공간의 부족이 큰 문제였다는 것을.

물론 몰입이 가능한 시간과 장소를 찾는 건 어려운 일이다. 때로는 악조건 속에서 일을 해내는 것이 프로다. 하지만 진짜 일 잘하는 사람들은 자신이 어떤 시간과 공간, 조건 속에서 좋은 성과를 내는지 알고 있고 그것을 위한 자신만의 '리추얼'을 가지고 있었다. 시인 윤동주는 매일 저녁 신촌에서 서강까지 천천히 산책을 했고, 슈바이처는 누구에게도 방해받지 않는 저녁 한 시간을 구별해놓았다고 한다. 무라카미 하루키가 매일 달리기를 한 후 연두부로 저녁 식사를 대신한다는 것은 많이 알려진 리추얼이다. 수없이 많은 천재 예술가들의 습관을 모은 단행본이 출간될 정도로 이런 이야기는 넘쳐난다. 운동선수들 역시 최고의 결과를 만들어내기 위해 매일 치르는 자신만의 의식들이 있다. 이 모두가 최고의 퍼포먼스를 만들어내기 위한 자신만의 스몰 스텝들이다. 이해하거나 설명할 길이 없는 괴짜스러운 것이라 해도 말이다.

스몰 스텝은 자신을 알아가기 위한 일종의 테스트다. 자신만의 취향과 개성을 확인해가는 훌륭한 도구인 셈이다. 그리고 어느 누군가에겐 최고의 방법이 자신에게는 최악의 결과를 만들어낼 수도 있음을 깨닫는 경험의 과정이기도 하다.

나는 타인보다 민감한 사람이다. 지하철과 버스에서 음악이 크게 들리거나 불쾌한 신체 접촉이 있으면 견디지 못하고 말하거나 그 자리를 피할 만큼 까칠한 사람이다. 그러나 스몰 스텝을 하면서 그 행동의 잘잘못을 떠나 나 자신을 새롭게 보게 되었다. 오감이 민감하다는 것은 사회생활에 불편함을 야기하는 약점이 되기도 하지만 글을 쓸 때는 특별한 장점이 된다. 다른 사람이 미처 깨닫지 못하는 부분을 인지하는 것만으로 인사이트를 얻을 수도 있고, 그 예민함이 문장에 담겨 디테일한 표현을 가능케 하기도 한다. 세밀한 관찰이 구체적인 묘사로 구현돼 나만의 스타일을 만들어낼 수도 있음을 깨닫게 된 것이다.

그러니 새벽에 일어나 일을 하는 것이 내게는 아주 '생산적'일 수 있다. 아침형 인간과 올빼미형 인간들은 저마다 자신의 라이프 스타일을 합리화하고 책이나 강연으로 강요하곤 한다. 그러나 둘 다 맞기도 하고 둘 다 틀리기도 하다. 내가 가장 행복하게 일할 수 있는 시간과 장소는 따로 있다. 그것이 어느 때이고 어느 장소인지 정할 수 있는 사람은 바로 나 자신뿐이다.

누군가는 여유롭게 욕심 없는 삶을 사는 것만으로도 충분히 만족한다. 그러나 누군가는 치열하게 자신의 한계를 돌파하는 데서 삶의 의미와 이유를 찾기도 한다. 북유럽의 여유롭고 평등한 삶이 싫어 다른 나라로 탈출하는 사람들이 적지 않다고 들었다. 반대로 누군가는 우리나라의 치열한 경쟁이 싫어서 좀 더 여유로운 나라로 떠나기도 한다. 그런 이야기를 들을 때 우리는 자신에게 맞는 삶이 무엇인지도 모른 채 부러워하거나 비난하거나 무시할 때가 많다.

인생에 대한 예의

자신에게 맞는 삶은 다 다르다. 그것을 찾아 그에 맞는 삶을 사는 것은 내 삶에 대한 의무이자 예의라고 믿는다. 내가 행복하면 가족도 행복하고, 주변의 지인도 행복할 수 있음을 체감했기 때문이다. 자신의 스타일대로 일하고 만족할 만한 성과를 만들어내는 사람들처럼 멋있는 사람들이 또 있을까? 그런 사람들을 만날 때마다 내 몸의 세포들이 들불처럼 일어나 뛰어다니는 듯하다.

스몰 스텝은 나에게 가장 좋은 삶이 어떤 것인지를 퍼즐 조각처럼 매일 조금씩 알려준다. 나는 글을 읽고 쓰는 시간이 힘들면서도 가장 행복하다는 것을 잘 알고 있다. 남들이 어렵게 말하는 내용들을 말과 글로 쉽게 전달하는 것이 가장 '나다운' 것임을 잘 알고 있다. 나는 '지적 호기심'이라는 안테나를 세우고 다양한 소재와 이슈를 찾아다니는 것에서 큰 기쁨을 느낀다. 그것을 '브랜드'와 '글쓰기'라는 일로 연결했을 때 나만의 경쟁력이 될 수 있음을 마흔이 넘어서야 깨달았다. 나의 예민함이 그 일들을 해나가는 과정에서 장점이 될 수 있음도 깨달았다. 그리고 알게 되었다. 마흔 넘어 그 사실들을 알게 된 것이 결코 늦지 않은 것임을. 하지만 서른 전에, 스무 살 무렵에 이것을 알았으면 얼마나 좋았을까 하는 생각을 아주 가끔 한다. 더 많은 사람들이 스몰 스텝을 통해 자신을 조금 더 일찍 알 수 있기를 바란다. 만약 그럴 수만 있다면, 단언할 수 있다. 그것이 삶의 큰 축복이 된다는 것을.

Tip 5.

필사를 위한 추천 칼럼니스트 6

글쓰기에 왕도는 없다. 많이 생각하고, 경험하고, 실제로 써보는 것뿐이다. 그런 의미에서 필사는 생각과 쓰는 재미를 일깨우는 데 많은 도움을 주었다. 백지에 글을 쓰는 막막함에서 벗어나 다른 사람들의 생각을 따라 쓰다보면 결국 내 글을 쓰고 싶은 욕망으로 이어진다. 필사는 하나의 주제나 이슈가 어떻게 하나의 글로 완성되는지를 간접적으로 체험할 수 있게 해준다. 나와 비슷한 생각을 가진 최고의 글쟁이들이 쓴 글을 매일 따라 써보는 것은 그 자체로도 재미있을 뿐 아니라 어떤 식으로든 생각의 지평을 넓히고 더 좋은 글을 쓰는 데 도움이 된다. 게다가 칼럼 형태의 글은 짧아서 지루할 틈도 없다. 이제 소개할 리스트는 내가 매일 베껴 쓰는 국내 최고의 칼럼니스트들이다.

1. 손석희 (JTBC 뉴스룸, 앵커 브리핑)

매일 쏟아져 나오는 그날의 이슈를 손석희가 해석해 들려준다. 직설적으로 이야기하기보다 다양한 사례와 인문학적 상식을 녹여내는

데 그 소스가 놀랍다. 돌려 말하기도 하지만 여운이 만만치 않다. 쉬운데 깊이가 있다. 때로는 울컥할 만큼 감동도 있다. 가장 자주 필사한다.

2. 문유석 (중앙일보, 문유석 판사의 일상有感)

이런 판사도 있구나 싶다. 저 멀리, 저 높이 어딘가에 있을 줄 알았던 판사가 세상 돌아가는 이야기를 친근감 넘치게 전해준다. 배경 지식의 깊이에 놀라기도 하지만 재미까지 있다. 균형 잡힌 메시지를 읽다보면 왠지 모르게 마음이 정화되는 기분이 든다.

3. 신기주 (에스콰이어 편집장)

아는 사람은 다 아는, 우리나라 최고의 필력가 중 한 명이다. 모르긴 해도 편집장 때문에 에스콰이어를 읽는 사람이 적지 않을 것이다. 럭셔리한 브랜드 소개부터 연예인 인터뷰, 밀도 높은 경제 기사까지 다루는 주제도 광범위한데 깊이까지 놀랍다. 읽는 재미는 덤이다. 이 사람의 필력은 복사하고 싶을 정도다.

4. 이동진 (영화평론가, 이동진의 어바웃 시네마)

영화평론가 하면 가장 먼저 떠오르고, 독서 하면 가장 먼저 떠오르는 이름이기도 하다. 집에 있는 장서만도 몇만 권이라고 한다. 이런 사람이 쓰는 영화평은 다를 수밖에 없다. 단 글이 길어 주말에 필사하곤 한다.

5. 권석천 (JTBC 보도국장, 권석천의 시시각각)

조중동으로 통하는 보수 일간지에서 진보적인 칼럼을 오랫동안 써왔다. 「중앙일보」 논설위원 시절 쓴 그의 글들은 몇 년이 지난 지금, 더욱 읽을 가치가 있다. 종종 5, 6년 전에 쓴 그의 칼럼을 읽는다. 그러면 지금 이 세상을 어떻게 바라볼지를 고민하게 된다. 가까운 과거의 세상에서도 생각보다 많은 것을 배울 수 있다.

6. 김훈 (소설가, 김훈의 거리의 칼럼)

글의 힘은 펜 끝이 아닌 발끝에서 온다고 믿는다. 그의 글을 읽다 보면 온몸에 힘이 들어간다. 눈앞에 그가 말하는 장면들이 보이는 것 같다. 몽당연필로 눌러 쓴 그의 악력이 느껴질 것만 같다. 그래서 그의 글은 힘이 있다. 김훈의 소설은 소설이 아니라 현실 같다. 얼마나 치열하게 살아야 그처럼 쓸 수 있을까?

6장

일터에서의 스몰 스텝

약속 시간
10분 전 도착

천성이 게으른 탓에 출근 시간을 맞추는 게 너무 힘들었다. 출근길 버스에서 내리면 일주일이 지난 듯한 피로감이 밀려들었다. 비라도 오면 그보다 나쁠 순 없었다. 15년간 직장생활을 하면서 상쾌한 출근은 손에 꼽을 정도였다.

자의 반 타의 반으로 혼자 일을 하게 되면서 출근 시간에 대한 압박은 많이 줄어들었다. 하지만 시간 약속에 대한 부담과 중요성은 몇 배로 커졌다. 상대방과의 약속을 지키는 일이 신뢰뿐 아니라 수입과도 직결되는 것이 이른바 '1인 기업'이기 때문이다. 약속한 기간에 맞춰 일을 해내야 하는 것은 물론이고 미팅 약속을 칼같이 지켜야 한다. 대부분의 일을 '을'의 입장에서 해야 하기에 이건 기본 중의 기본이다. 자연스럽게, 약속 시간만큼은 지켜야 한다는 강박에 시달리기 시작했다. 미리 준비하기보다는 닥쳐야 일을 해내는 성격상의 단점이 고스란히 짐으로 돌아왔다. 그래서 어느 날부터인가 스몰 스텝에 '약속 시간 10분 전 도착'을 추가했다. 압박과 강박을 '성취'로 바꾸기 위한 작은 시도였다.

신뢰를 얻는 일

약속 시간에 맞춰서 나가는 일은 사실 어렵지만은 않았다. '잘 준비'된 상태로 상대방을 만나야 한다는 게 문제였다. 자연스럽게 그날, 그 주의 계획들을 철저히 들여다보는 습관이 생기기 시작했다. 매주 초에는 그 주에 해야 할 일들의 리스트를 뽑고 일정표에 약속들을 적어두기 시작했다. 충분히 준비된 시간만이 예측 불가한 다양한 상황들에 대응할 수 있는 힘을 준다. 한번에 여러 회사와 일을 해야 하는 1인 기업의 특성상 이런 훈련은 반드시 필요했다.

제때 미용실에 들르고, 미팅에 맞는 드레스 코드도 준비해두어야 한다. 단지 약속 시간을 지키는 것에 머무르지 않고 모든 상황을 제대로 컨트롤하기 위한 리허설이 몸에 배야 한다. 그리고 그렇게 이룬 성취의 결과를 스몰 스텝 플래너에 기록했다. 가능하면 한 시간 전 근처 카페에 도착해 일과 미팅을 준비하는 일이 늘었다. 첫 미팅일 경우에는 교통편을 조사하고 더욱 빨리 도착하려고 했다. 이렇게 준비된 미팅은 작지만 큰 신뢰와 성취로 이어졌다. 출근 시간을 맞추는 것도 힘들어하던 과거에 비하면 장족의 발전임에 분명했다.

'약속 시간 10분 전 도착'이 주는 유익은 비즈니스적인 것에 머무르지 않는다. 충분한 준비와 예측 불가한 상황에 대응할 수 있는 여유가 주는 가장 큰 유익은 '나 자신에 대한 믿음'이 생기는 것이다. 스몰 스텝의 작은 성취들은 고스란히 '자존감'으로 이어진다. '자존감'은 나 자신에 대한 '신뢰'와 '주도성'으로 연결된다. 자신을 믿을 수 있는 사람에게 '자신감'이 생기는 것은 당연하다. 이 자신감은 출근 시간을 지키는 수동적인 '통제감'이 아니라 자신의 모든 일에 대한 '주도성'으로 이어진다.

스몰 스텝은 자연스럽게 자신이 어떤 사람인지를 말해주는 '자기 발견'의 과정으로 이끈다. '내가 누구인가'라는 질문에 가장 잘 맞는 답은 '나를 움직이는 힘이 무엇인가'라는 질문에서 찾을 수 있다. 자신이 무엇에 가장 끌리는지, 무엇을 할 때 가장 에너지가 넘치는지 아는 사람은 그것을 통해 지루하고 뻔한 일상을 이겨내고 돌파할 힘을 얻는다.

누군가 매일 아침 조깅을 하고 수영을 한다면, 누군가 바쁜 와중에 시간을 내 드럼을 배운다면 이유는 한 가지다. 그것이 숨어 있던 본능과 욕구를 자극하고 힘을 끌어내기 때문이다. 그런 좋은 에너지를 안고 자기 일에 임하는 사람은 주도적이고 적극적일 수밖에 없다. 그리고 그 작은 차이는 일에 관한 성취로 자연스럽게 이어진다. 그런 힘을 끌어내는 것은 대단치 않은, 아주 작은 스몰 스텝에서부터 시작된다. '약속 시간 10분 전 도착'이라는 스몰 스텝은 내 안에 숨어 있는 에너지를 이끌어냈다. 실제로 경험하면서도 늘 신기하다.

나 자신을 신뢰하게 되면서 좀 더 자신있게 내가 하는 일에 임할 수 있었고 그건 타인의 신뢰로 이어졌다. 그 신뢰를 바탕으로 좀 더 자신있게 내가 하는 일에 임할 수 있었다. 그리고 대부분의 일은 '신뢰'라는 에너지를 필요로 했다. 이건 비단 나에게만 해당되는 이야기는 아닐 것이다.

하루에 하나,
단축키를 외우는 이유

컴퓨터 프로그램에는 '단축키'가 있다. '컨트롤' 키와 'N' 키를 동시에 누르면 대부분의 프로그램에선 새 창이 열린다. 이런 단축키는 생각보다 많다. 그러나 많은 이들이 기본적인 단축키 외엔 그다지 관심이 없다. 큰 불편함을 못 느끼기 때문이다. 나도 그랬다. 그걸 외울 시간에 일을 더 하겠다는 주의였다. 하지만 키보드만으로 거의 모든 작업을 해내는 전문가를 볼 때면 불끈 욕심이 일곤 했다. 그래서 어느 날부터인가 스몰 스텝에 '단축키 외우기'를 추가했다.

결론부터 말하자면 지금도 쓸 수 있는 단축키가 그리 많지는 않다. 하지만 내가 봐도 기특할 만큼 손에 익은 단축키들이 조금 늘긴 했다. 손가락 끝의 기억을 따라 '투닥'거리면 파워포인트에

삽입한 이미지를 변경할 수 있고, 문서 스타일을 완전히 바꿔버릴 수도 있다. 지금 쓰는 프로그램 외에 모든 창을 닫을 수도 있고, 글쓰기에만 집중할 수 있도록 문서창 외에 모든 화면을 까맣게 암전시킬 수도 있다. 엑셀이나 파워포인트, 맥북의 달인들이 보기엔 초보적인 수준이겠지만 매일 한 가지씩 나름의 '축지법'을 익히고 있다.

효율보다는 집중

사실 단축키는 '효율적'으로 일을 처리하려고 만든 기능이다. 마우스를 잡고 메뉴를 열어 해당 기능을 클릭하기까지의 5초를 1, 2초 정도로 단축해주니까. 그 시간도 나름의 의미가 있겠지만, 그렇게 몇 십 분을 줄이는 것이 단축키의 목표라면 나는 이 스몰 스텝을 추가하지 않았을 것이다. 내가 단축키를 외우는 이유는 '효율'보다는 '집중'에 있다. 하려는 일에 좀 더 몰입하기 위해서다. 지금처럼 글을 쓸 때는 오직 이 글을 쓰는 데만 집중하고 싶다. 그럴 때면 번잡하게 마우스를 쥐고 클릭하는 시간마

저도 줄이고 싶을 때가 있다. 그럴 때 단축키가 주는 유익은 결코 작지 않다. 글을 쓰다가 문득 눈에 들어온 포털 사이트 배너나 뉴스 제목에 낚인 적이 어디 한두 번이던가. 그래서 나는 글을 쓸 때면 글 쓰는 창만 띄우고 나머지 화면을 까맣게 꺼버리는 단축키를 쓴다.

하지만 한 가지 잊지 말아야 할 것이 있다. 삶에는 '단축키'가 없다는 사실이다. 남들보다 몇 발자국 앞서기 위해, 연봉 몇 백을 더 받기 위해 버둥거려봤자 소용없다는 사실을 마흔을 넘기면서 확실히 절감했다. 배울 만큼 배운 사람들이 몰락하는 장면이 하루가 멀다 하고 뉴스 화면을 장식할 때마다 안쓰럽기까지 하다. 그들은 아마도 '평민'의 삶을 벗어난 것을 자축하며 비싼 술잔을 비웠을 것이다. 하지만 그렇게 좋은 학교와 인맥이라는 단축키를 써서 간 자리는 생각보다 위태했다. 인간으로서의 품위와 인격을 버리고 간 자리였다면 더욱 그랬을 것이다.

하지만 언제나 한 걸음씩 자신의 삶을 뚜벅뚜벅 걸어간 사람들의 삶은 견고하고 존경스럽다. 1인 기업으로 일하면서 만난 작은 기업의 대표들 중에는 이런 삶을 사는 분들이 적지 않았다. 매일의 '작은 발걸음'을 이어온 사람들의 삶은 아름다웠다. 삶에 있어서만큼은 '단축키'가 통하지 않는다는 사실을 일깨워주었다.

하지만 나는 지금도 매일 하나씩 새로운 '단축키'를 익히고 있다. '효율'을 넘어 '몰입'을 익히기 위해서다. 그리고 이것이 내가 하는 일에 관해 매일의 '작은 걸음'을 내딛는 일임을 다시금 깨닫는다. 이 순간에 충실한 삶이 주는 보람을 느낀다. 작업 시간이 짧아지는 것은 덤일 뿐이다. 경쾌하게 단축키를 누르다 보면 일에 탄력이 붙는다. 재미가 붙는다. 그래서 나는 매일 '단축키' 하나를 배우고 익힌다.

일하는 25분보다
쉬는 5분

〈행복난민〉이라는 티브이 프로그램은 북유럽 국가들을 찾아 그들의 행복지수가 높은 이유를 발견하는 과정을 담고 있었다. 그 프로그램을 보면서 삶의 새로운 '대안'을 찾으려는 사람들의 니즈가 얼마나 커졌는지를 확인할 수 있었다. 출연진들은 북유럽 회사 중에서도 가장 생산성이 높다는 온라인 마케팅 회사를 찾아갔다. 그리고 '첫사랑이 떠올라' 일에 집중이 안 된다는 직원의 조퇴를 망설임 없이 허락하는 신기한 장면을 보았다. 일의 효율을 방해한다면 굳이 책상 앞에 앉아 일을 하지 않아도 되는 그들의 문화가 조금은 충격적이었다. 눈길을 끈 또 다른 장면이 있었다. '뽀모도로'라는 프로그램을 활용한 업무 방식을 보여주는 장면이었다.

이탈리아의 대학생 프란체스코 시릴로는 토마토 모양의 주방용 시계로 시간을 관리하는 방법을 고안해냈다. 이 시계를 뽀모도로라고 부른다. 원리와 방법은 아주 간단하다. 뽀모도로가 켜진 25분은 오롯이 그 일에 집중할 것, 이후 5분은 무조건 쉴 것, 그리고 다시 25분을 집중하고, 5분은 쉴 것, 이게 전부다. 이 과정을 반복하면서 자연스럽게 일에 집중할 수 있도록 돕는 원리인 셈이다.

뽀모도로는 현재 수백 개 이상의 앱과 프로그램으로 만들어져 '생산성과 몰입을 고민하는' 전세계 수많은 사람들의 사랑을 받고 있다. 나도 집중이 필요한 작업을 할 때 뽀모도로 프로그램을 실행한다. 그리고 그 시간만큼은 오로지 작업에만 몰두하려 애를 쓴다. 언제나 성공하는 것은 아니지만 뽀모도로를 쓴 후로는 일에 대한 몰입과 집중이 좀 더 쉬워졌다. 말로만 들으면 '이게 뭔가' 싶겠지만 시간제한은 의외로 손쉬운 몰입을 이끌어낸다. 강제로 5분을 쉬다 보면 일의 맥이 끊길까 싶어 그다음 25분을 더욱 기다리게 된다. 인간이란 참 복잡한 존재다 싶다가도 이런 프로그램 하나에 몰입하는 자신을 보고 쓴웃음을 지었던 기억이 있다.

뽀모도로와 함께 일하면서 알게 된 사실이 또 하나 있다. 25분간의 집중을 지속하게 하는 힘은 25분간의 몰입의 시간 자체가 아니라 5분을 쉬어가는 '이완'의 지혜에 있다는 것이다. 가까스로 집중에 성공해 25분이 지나면 5분의 휴식을 건너뛰고 싶은 유혹에 곧 맞닥뜨린다. 하지만 그 5분을 쉬지 않으면 곧 쉽게 지친다. 일에 대한 순간적인 욕심이 길게 보았을 때는 오히려 해가 될 수도 있는 것이다. 동네 뒷산을 올라도 해발 4천 미터 등반에나 필요한 등산복을 입어야 하고, 영어 공부를 하려면 학원 새벽반부터 생각하는 게 우리다. 시험이라면 수십, 수백 대 일의 경쟁률이 기본인 수능과 공무원 시험을 떠올리고, 밤을 새워 일하고 공부하는 것을 당연한 것처럼 여기는 우리는 어쩌면 이 5분의 쉼을 망각한 채 25분, 250분, 2,500분의 시간을 쉼 없이 달리기만 하고 있는 것은 아닐까? 그래서 더욱 쉽게 지치고, 피로를 느끼며, 결국엔 '번아웃'에 이르게 되는 것은 아닐까.

뽀모도로는 25분간의 '집중'을 위해 5분간의 '쉼'이 지니는 지혜를 가르쳐준다. 스몰 스텝 역시 우리에게 '일상의 무게'를 이겨내는 힘이 매일 반복되는 '작은 성취'에 있음을 가르쳐준다. 그리고 그 둘은 결국 '회복'이라는 지점에서 동의어가 된다. 25분 동안 열심히 일하되 최소 5분은 쉴 것, 매일 자신의 일과 일상에 최선을 다하되 중간중간 작고 사소한 습관들로 지친 몸과 마음에 회복의 시간을 줄 것. 뽀모도로와 스몰 스텝을 통해 배운 몰입의 노하우이자 지속가능한 성과를 내기 위한 지혜가 바로 이것이다. 일과 삶은 순식간에 결정 나는 단거리 달리기가 아니다. 오랫동안 호흡을 가다듬으며 몇 시간을 달려야 하는 마라톤에 가깝다. 어쩌면 뽀모도로는 장거리 달리기를 위한 호흡법과 비슷한 것은 아닐까.

그래서 나는 오늘도 뽀모도로를 실행시키고 일을 시작한다. 더 만족할 만한 결과물을 만들어내기 위해, 더 오래 더 행복하게 더 나답게 살기 위해. 뽀모도로는 일과 삶을 관통하는 지혜를 알려준 셈이다.

삶의 방식이 가장 중요하다

이전에 다니던 회사 입구 건널목에 조그만 빵집 하나가 문을 열었다. 두세 평이 채 되지 않을 것 같은 빵집의 이름은 '밀도', 흥미로운 건 '식빵'만 만든다는 것. 빵집 딸 출신인 아내를 위해 잠깐 들른 적이 있다. 하지만 나는 그날 빵을 사지 못했다. 오전에 나온 식빵이 다 팔리고 없었기 때문이다. 빵을 살 수 있었던 건 그로부터 며칠이 더 지나서였다.

그사이 빵집의 줄은 더욱 길어졌고 결국 바로 옆 카페를 인수해 확장 공사를 했다. 괜한 호기심에 뒷조사를 시작했다. 빵집 주인은 일본에서 제빵 기술을 배운 뒤 '시오코나'라는 빵집을 10년이나 운영한, 업계에서 유명한 셰프였다. 식빵 전문점을 연

것은 한 가지 빵에 충실하기 위해서였다. 유행에 휘둘리지 않고 오랫동안 만들 수 있는 빵을 찾다보니 자연스럽게 식빵을 선택하게 되었다고 했다. 그는 자신의 일에서 하나의 '본질'에 집중하고 싶어 했고 그 대상이 바로 식빵이었던 것이다.

'심플 라이프'가 유행이다. 물건과 시간, 인맥까지 버리고 정리하는 사람들이 늘고 있다. 그런 사람들을 '미니멀리스트'라고 부르고 그들의 생각과 노하우를 담은 책들이 서점 한쪽을 점거한 지 오래다. 그런데 그 '심플 라이프'가 그저 비우고 버리고 정리하는 간소하고 단순한 삶의 방식만을 말하는 것일까? 심플 라이프를 가능케 하는 것은 그 사람의 '철학'이다. 철학이란 한 마디로 그 사람의 사고방식이자 삶의 방식이며, 무엇을 포기하고 무엇을 선택할지에 대한 자기만의 기준의 또 다른 이름이다. 그것을 알지 못하는 사람은 '심플'해질 수 없다. 오래된 형광등을 버리고 '무인양품'의 조명을 설치할 수는 있지만 브랜드가 그 사람의 생각까지 대신해줄 수는 없는 법이다. 방 안에 오래된 가구가 빼곡하다 하더라도 그 사람의 삶에 꼭 필요한 것들로 채워져 있다면 그것이 어쩌면 '심플 라이프'에 더 가까운 것일지도 모른다.

나는 '내가 원하는 삶'을 살고 싶었다. 그러기 위해서는 내가 무엇을 원하는지 알아야 했고 거창한 모험과 도전을 택하기보다는 일상에서 내게 힘을 주는 무언가를 찾기 시작했다. 나는 삶을 단순하게 만들고 싶었다. 책상 앞과 주변을 정리하고 나서야 일에 집중할 수 있는 사람이라 삶에서 불필요한 것들을 깔끔하게 정리한 후 내가 정말 원하는 것들에 집중하고 싶었다.

하지만 무엇을 버리고 무엇을 선택하기 위해서는 나만의 뚜렷한 기준과 이유가 필요했다. 산책, 독서, 필사, 음악, 팟캐스트는 내가 추구하는 '삶의 본질'을 찾기 위한 작은 힌트이자 소스라고 할 수 있다. 산책을 하면서 조용히 밀려드는 생각들, 필사를 하면서 공감하는 영역들, 팟캐스트가 들려주는 방대한 지식들에 호응하는 나를 보면서 조금씩 내가 원하는 삶을 구체화할 수 있었다. 마치 빵집 '밀도'의 셰프가 수많은 빵들 중에서 '식빵'을 선택한 자신만의 이유를 설명할 수 있는 것처럼. 그래서 불필요한 다른 제빵 기술은 물론 10년간 운영하던 유명 빵집의 간판을 포기할 수 있었던 것처럼. 스몰 스텝은 내 삶의 본질을 발견하기 위한 나침반이자 시험대 역할을 해주었던 셈이다.

비교 금지

삶의 방식이 분명해지면 한 사람의 일상은 자연스럽게 심플해진다. 타인과의 비교나 경쟁에서 자유로워진 덕에 여유로움이 주변을 채운다. 아울러 그 삶을 지켜가기 위해 자신의 삶에 몰입할 수 있게 된다. 자신의 선명하고 뚜렷한 주관과 가치가 그가 해야 할 일과 하지 말아야 할 일을 보여주기 때문이다.

한번은 중견 기업으로부터 입사를 제안받은 적이 있다. 이제껏 경험하지 못했던 연봉과 조건이 내 이름을 걸고 일해보겠다는 결심을 흐리게 만들었다. 하지만 결국 입사를 포기했다. 이 모양 저 모양으로 알아본 회사의 문화가 내가 생각하는 삶의 가치와 많이 달랐기 때문이다. 그리고 지금 나는 그 선택에 만족하고 있다.

'내가 누구인가'라는 질문에 답하는 것은 생각보다 간단하다. 나를 끌고 가는 힘이 무엇인지를 발견하면 된다. 그런데 이 질문에 답하는 것은 생각보다 어렵다. 이런 질문을 받아보지 못했던 탓이다. 그저 남부끄럽지 않은, 남들만큼 사는 것이 가장 큰 미덕이라고 배워온 탓이다.

그러니 스스로에게 물어보자. 지금의 삶이 당신이 선택한 삶인지, 더 나은 대안은 없는 것인지, 정말로 원하는 삶을 선택하기 위해 오늘 당장 할 수 있는 작은 일이 무엇인지. 그 질문에 하나씩 답해가면서 우리는 내가 주인이 되는 삶의 희열을 맛볼 수 있다. 그 결과가 돈과 명예는 아닐 수 있다. 대신 이제껏 누리지 못하고 미뤄왔던 진짜 보람과 만족으로 인도할 것이다. 그리고 그 모습은 생각보다 '심플'할 것이다.

관찰의 쓸모

'넨도'라는 일본의 유명한 디자인 회사가 있다. 이 회사의 대표인 오키 사토는 매일 아침 같은 시간에 눈을 뜬다. 일곱 살짜리 반려견을 산책시킨 후 늘 같은 카페의 같은 자리에 앉는다. 그리고 항상 카푸치노 한 잔을 주문한다. 점심에는 항상 같은 국숫집에서 같은 메뉴를 먹는다. 그에겐 하얀 셔츠 40벌과 검정 바지 20벌이 있고 속옷과 양말도 검은색만 입고 신는다. 항상 같은 색의 터틀넥과 청바지를 입었던 스티브 잡스와 비슷한 컬러의 티셔츠를 입는 마크 주커버그가 떠오른다. 문득 궁금해진다. 왜 그들은 매일 같은 옷을 입었던 것일까? 그것이 독보적인 창의성과 어떤 상관관계가 있는 것일까?

오키 사토는 반복되는 일상 속에서 '관찰'의 힘을 기른다고 했다. 매일 같은 식당과 카페를 찾는 그는 망가진 의자 하나도 크게 다가오고 음식 맛이 바뀌어도 금세 알아차린다고 한다. 이리저리 여러 카페와 식당을 드나드는 사람들은 발견할 수 없는 변화를 감지하는 것이다. 기존의 제품과 아이디어에 약간의 변형을 더한 그의 작품은 어쩌면 매일의 반복된 일상에서 나온 결과일지 모른다.

즐겨 보는 프로그램 중에 '생활의 달인'이 있다. 그 누구도 가치 있게 보지 않는 아주 단순한 작업들을 수십 년간 반복하면서 그야말로 '달인'이 된 사람들이 주인공이다. 무슨 일이든 그렇게 오래하면 다 잘될 것 같지만 그렇지가 않다. 아무도 알아주지 않고 큰돈도 벌 수 없는 일을 수십 년간 하는 사람 자체가 드물기 때문이다. 설사 오랜 시간 같은 작업을 한다 하더라도 그 목적이 그저 생계를 잇는 데 그친다면 방송에 나오는 '달인'들처럼 그렇게 신명나고 창의적으로 일하진 못할 것이다. 과연 그렇게 단순하고 평범한 일을 수십 년간 비범하게 해내는 달인의 힘은 어디에서 올까? 어쩌면 자신의 일에서 아주 작고 사소하고 미묘한 변화를 알아채는 세밀한 '관찰'의 힘에서 오는 것은 아닐까?

관찰의 힘은 스몰 스텝이 주는 또 하나의 유익이기도 하다. 매일 같은 길을 산책하다 보면 평소에는 보이지 않던 것들이 하나 둘 보이기 시작한다. 똑같아 보였던 나무들도 전혀 다른 잎과 줄기와 열매를 가진 독특한 존재임을 알게 되고 시간과 계절에 따라 펼쳐지는 풍경의 차이를 알아차리게 된다. 매일 쓰는 세 줄을 통해 조금씩 달라지는 나의 생각을 알아차리기도 하고 변하지 않는 나의 게으름을 깨닫기도 한다. 매일 반복하는 작은 습관을 통해 나도 모르게 조금씩 성장하고 도약하는 것이다.

지루한 일상은 없다

일상이 지루하고 무료해지는 건 그 일상에 변화가 없어서가 아니다. 그 변화를 알아챌 만큼의 세밀한 관찰이 없었기 때문이다. 그리고 세밀한 관찰은 아주 사소하고 작은 반복을 통해 가능하다. 치고 들어오는 일들에 휘둘리지 않는 시간, 오롯이 나만을 위한 작은 시간을 가만히 관찰해보면 평범함 속에 숨은 비범한 차이가 보인다. 그 결과가 꼭 오키 사토 같은 유명한 디자인 회사의 대표일 필요는 없을 것이다. 매일 조금씩 삶의 변화와 즐거움을 선명하게 깨달을 수만 있다면 그것이야말로 인생이 거둘 수 있는 최고의 쾌거다.

Tip 6.

내 인생의 다큐 리스트 20

다큐에 대한 관심은 '나는 누구인가'에 대한 질문에서부터 시작되었다. 이런 질문에 대한 답을 찾아가는 다큐는 적지 않았다. 자존감의 중요성을 일깨워준 〈아이의 사생활〉은 〈당신의 성격〉 〈습관〉같이 나에 대한 다양한 탐구로 이어졌다. 어떻게 하면 일을 더 잘할 수 있을까에 대한 관심은 〈공부의 왕도〉 〈몰입〉 〈시험〉 〈우리는 왜 대학에 가는가〉 같은 주제의 다큐로 확장되었다.

다큐는 통상 2년여의 제작 과정을 거친다. 그 과정에서 PD와 작가들은 해당 분야의 전문 서적을 통달하는 것은 물론 국내외 최고 석학들의 인터뷰를 통해 객관적인 검증 과정을 거친다. 다큐에서 소개하는 전문가와 책들을 통해 지식의 깊이와 넓이가 더해지기도 한다. 또한 지적 호기심을 채울 뿐만 아니라 공감되는 글을 쓰는 데 적지 않은 도움을 받았다.

1. 아이의 사생활 (EBS 다큐프라임, 5부작)
2. 마음 (KBS 특별기획, 6부작)
3. 누들로드 (KBS 특별기획, 6부작)
4. 당신의 성격 (EBS 다큐프라임, 3부작)
5. 공부의 왕도 (EBS 다큐프라임, 3부작)
6. 습관 (KBS 스페셜, 2부작)
7. 기억력의 비밀 (EBS 다큐프라임, 3부작)
8. 브레인 스토리 (BBC, 6부작)
9. 몰입, 최고의 나를 만난다 (SBS 스페셜)
10. 시험 (EBS 교육 대기획, 5부작)
11. 우리는 왜 대학에 가는가 (EBS 다큐프라임, 5부작)
12. 설득의 비밀 (EBS 다큐프라임, 5부작)
13. 창의성을 찾아서 (EBS 다큐프라임, 3부작)
14. 천재들의 생각구조 (EBS 다큐프라임, 3부작)
15. 이야기의 힘 (EBS 다큐프라임, 3부작)
16. 지옥고, 청년의 방 (KBS 스페셜)
17. 야마다 사장, 샐러리맨의 천국을 만들다 (MBC 스페셜)
18. 피타고라스의 정리 (EBS 다큐프라임, 3부작)
19. 거꾸로교실의 마법 (KBS, 4부작)
20. 퇴사하겠습니다 (SBS 스페셜)

7장

내일도 스몰 스텝은 계속되어야 한다

당신을 움직이는 힘은 무엇인가요?

2014년 수능시험 최고령 응시자는 82세 조희옥 할머니다. 여섯 살 때 아버지를 여읜 할머니는 홀로 남은 어머니와 함께 생업 전선에 뛰어들어야 했다. 중학교도 졸업하지 못하고 봉제공장에서 일하다가 결혼하고 아이도 낳으셨다. 하지만 할머니는 공부를 못 한 것이 늘 아쉬우셨던 모양이다. 눈도 침침하고 아무리 외워도 잊어버리기 일쑤였지만 할머니는 다시 중학교에 들어갔다. 그리고 2014년 수능시험을 치렀다. 수능을 치른 것만으로도 행복하다는 할머니의 마음을 과연 얼마나 많은 사람들이 이해할 수 있을까. 시험을 치르고 손을 모은 채 활짝 웃는 할머니는 지난 4년간의 공부를 '즐거웠다'라고 고백하고 있었다.

그러고 보니 나도 비슷한 경험을 한 적이 있다. 군대를 제대한 후 5개월 정도 공부하고서 다시 수능을 쳤다. 2년만 더 다니면 졸업하는 아들을 만류하는 부모님을 설득해 굳이 시험을 다시 치른 이유는 단순했다. 내가 '하고 싶은' 공부를 하기 위해서. 대학 생활 2년 만에 '무역학'이 나와 얼마나 안 맞는지를 뼈저리게 느꼈다. 캠퍼스 잔디밭에 앉아, 내가 원하는 공부를 할 수 있다면 얼마나 행복할지를 상상하곤 했다. 그리고 군대를 다녀오면서 그 도전을 실행할 수 있는 용기가 생겼다.

그해 수능시험 첫 시간을 지금도 생생하게 기억한다. 긴장감이라고는 조금도 느껴지지 않았다. 언어영역은 지문을 즐기듯 읽으며 답해갔고, 사회탐구와 외국어영역 역시 다양한 이슈를 담은 지문을 읽으며 시험 같지 않은 시험을 치렀다. 그때의 나는 정말로 그랬다. 하고 싶은 것을 한다는 것이 어떤 힘을 가질 수 있는지를 몸으로 체험했다.

사람에게는 누구나 그 사람을 움직이는 힘, 드라이빙 포스가 있다고 믿는다. 돈도 안 되고 적지 않은 희생을 치러야 하며 누가 보아도 무모한 도전을 하는 사람들을 종종 만난다. 아마 그들도 그렇게 '할 수밖에 없는' 이유를 정확하게 설명하기는 힘들 것이다. 그것은 우리 몸속 DNA처럼 세포 하나하나에 새겨진 '무엇'이기 때문이다. 가장 안타까운 것은 그것이 무엇인지 모른 채 평생 다른 사람의 기대에 부응하는 삶을 살아가는 사람일 것이다.

그런 삶을 비하하려는 것이 아니다. 주어진 삶을 성실히 살아가는 인내와 끈기만큼 소중한 것도 없다. 그러나 누가 뭐래도 가장 좋은 것은 자신이 원하는 삶을 찾아 그걸 하면서 사는 것이다. 누가 시키지 않아도, 돈이 되지 않아도, 그 일을 하는 것 자체를 즐길 수 있는 삶은 그 자체로 아름답다. 그리고 그런 사람들에게선 감히 흉내 낼 수 없는 건강한 에너지가 뿜어져 나온다. 그 에너지가 자신의 일로 연결되면 그 사람은 프로나 장인이 된다. 좋아하는 일을 즐길 수 있으니 지속가능한 것은 당연한 일이다.

이쑤시개와 나무젓가락으로 예술에 가까운 작품을 만드는 사람을 본 적이 있다. 누군가는 하릴없이 시간을 보내는 사람으로 오해할 수도 있겠다. 하지만 그런 오해를 받거나 기존 예술가의 인정을 받지 못하거나 상업적인 성공으로 이어지지 못한들 어떤가. 그 사람이 그 과정을 통해 몰입의 기쁨을 느끼고, 마음을 가다듬고, 행복감을 누릴 수 있다면 그 자체만으로도 얼마나 아름다운가. 그리고 그런 사람들을 미디어에서 자주 만난다는 건 그만큼 그런 사람들의 가치를 인정하는 사람이 늘어나고 있다는 증거일 것이다.

아주 사소한 혁명을 시도하라

스몰 스텝의 유익이 무엇인가에 대한 질문을 종종 받는다. 단순히 좋은 습관을 기르는 것으로 오해하는 사람들을 만날 때마다 드라이빙 포스에 관한 이야기를 꺼내곤 한다. 그런데 그 힘은 외부의 자극이나 특별한 경험을 통해 촉발되지 않으면 묻혀 있을 때가 적지 않다. 스몰 스텝은 숨겨진 드라이빙 포스를 밖으로 끌어낸다. 평범한 직장인이 드럼 연주의 재능을 발견하기도 하고 매일 일에 치여 살던 사람이 그림의 매력에 빠지기도 한다. 춤의 매력에 빠진 일본 회사원, 레슬링에 빠진 한국 회사원의 이야기는 비록 영화지만 대중의 큰 호응을 얻기도 했다.

사실 그렇게 자신만의 '탈출구'를 찾아 다양한 시도를 하는 사람들은 어렵지 않게 만날 수 있다. 그러나 그 사람들이 모두 자신이 하던 일을 그만두고 그림 그리는 일이나 악기 연주에 모든 것을 건 것은 아니다. 그저 자신을 움직이는 힘에 따라 작은 시도들을 꾸준히 반복했을 뿐이다. 스몰 스텝의 유익을 그들이 제대로 보여준다고 생각한다.

매일 10분을 투자해 평소 해보지 않았지만 늘 끌리던 그 무언가를 시도해보라. 그리고 그것을 반복하면서 그것이 삶에 끼치는 영향을 관찰해보라. 회사를 그만두지 않고, 일상의 질서를 무너뜨리지 않은 채 '작은 혁명'을 시도해보라는 것이다. 누구도 눈치채지 못하게, 나만 알 수 있을 정도의 작은 도전을 감행해보라는 것이다.

나는 그렇게 했다. 그리고 그 변화의 기록을 브런치에 정리해 올렸다. 많은 사람들이 뜨거운 반응을 보냈다. 그때 확신할 수 있었다. 나처럼 평범한 일상에 균열을 내고, 자신에게 숨겨진 그 '어떤 힘'을 찾고자 하는 사람들이 생각보다 많다는 것을. 그래서 용기를 내어 책을 써보기로 했다. 그리고 책을 쓰면서 사람들에게 변화의 단초를 줄 수 있겠다는 생각이 들었다. 그런 변화들이 만나고 이어지면 또 어떤 일들이 일어날까. 적어도 한 가지는 분명하다고 믿는다. 지금의 나처럼 행복한 사람들이 또 다른 사람들을 행복하게 만들 수 있을 거라는 확신이다. 그것이 이 글을 쓰게 만든 내 안에 숨겨진 드라이빙 포스다.

믹스 커피를 마시는 또 다른 방법

회사 생활을 하면서 2년간 매일같이 핸드드립으로 커피를 내려 마셨다. 핸드드립은 시간과 품이 많이 들었지만 하루를 시작하기에 더없이 좋은 방법이었다. 커피를 갈고 내리고 나누어 마시면서 하루를 살아갈 힘을 얻기도 하고, 좀처럼 풀리지 않는 갈등을 해결하는 실마리를 잡기도 했다. 한 가지 안타까운 점이 있다면 아직도 커피 맛에 대한 감각에 날이 서지 않는다는 것. 그나마 얻은 위안이라면 예가체프같이 신맛이 강하지 않고 고소한 뒷맛이 있는 커피가 내 취향이라는 걸 찾아낸 것이다.

집에서는 귀찮고 번거로워서 믹스 커피를 마시는 경우가 적지 않다. 아침나절 커피가 그리울 때는 자연스럽게 믹스 커피로 손이 간다. 물을 끓이고 컵 하나만 꺼내면 모든 준비가 끝나니까 말이다. 다만 한 가지 아쉬운 점이 있다면 잔이 빨리 식는다는 거다. 믹스 커피 한 잔도 오랫동안 맛을 음미하며 마시기 좋아하는 까다로운 나로서는 차디차게 식은 마지막 한 모금을 넘기는 것이 썩 유쾌하지 않았다.

그러던 어느 날, 문득 핸드드립으로 커피를 내려 마시던 때의 기억이 떠올랐다. 그때 함께 일하던 대표는 커피를 내릴 때면 직원들의 컵을 미리 뜨거운 물로 데워두곤 했다. 믹스 커피라고 해서 그렇게 마시지 말라는 법은 없지 않은가. 컵을 뜨거운 물로 잠깐 데운 후 커피를 탔더니 마지막 한 모금까지 따뜻했다.

삶의 방식, 삶의 철학이란 어쩌면 이처럼 아주 작고 사소한 실천에서 시작되는 것은 아닐까? 커피 한 잔을 마시더라도 그 온기를 조금 더 유지하고자 작은 불편을 감수하는, 그 나름의 의식을 만드는 일들처럼 말이다. 별스럽게 유난을 떨자는 말이 아니다. 그저 컵이 데워질 때까지의 잠깐의 여유를 누리는 삶도 나름 괜찮다는 얘기를 하고 싶을 뿐이다.

리추얼의 힘

스몰 스텝을 반복하는 과정은 컵이 데워지는 몇 분을 미리 확보하는 '리추얼'을 닮았다. 그날의 일과에 쫓겨 출근하자마자 바로 일을 시작하는 이유는 불안감 때문이다. 일을 빨리 끝내고 그 일에서 도망치고 싶은 마음이 성급한 하루하루를 만들어낸다.

그런데 내가 아는 '자신의 삶의 속도를 가진' 사람들은 그 시작부터가 달랐다. 조금 더 일찍 시작하거나 아예 더 여유로운 출발로 하루를 시작한다. 그들은 일기를 쓰거나 음악을 듣거나 아주 사소한 집안일을 하는 방식으로 아침을 깨우는 나름의 방법을 터득했다. 너무 사소해서 눈에 띄지 않지만 그들은 그 방법의 유용함을 알고 있다. 나는 그 작은 차이가, 사소한 시작이 이후의 놀라운 결과의 차이를 만들어낸다는 사실을 뒤늦게 깨달았다. 남다름이란, 차별화란 언제나 이렇게 작은 것에서부터 시작된다. 컵이 데워지는 그 짧은 시간은 어쩌면 나에게 삶의 속도를 조율하는 예열의 시간인지도 모른다.

바쁜 세상이다. 한 발이라도 처지면 영원히 낙오할 것만 같은 메시지들에 둘러싸여 우리는 하루하루를 전쟁 치르듯 살아간다. 하지만 남들보다 반 발짝만 느리게 걸으며 생각해보자. 이렇게 사는 것이 맞는지, 이런 삶의 방식이 전부인지, 다른 삶의 대안은 없는지. 여유는 게으름이 아니다. 더 오래, 더 멀리 뛰기 위한 작은 움츠림일 뿐이다. 그리고 이것은 행복한 삶을 위한 공공연한 비밀이다.

아들의 드라이빙 포스

하나뿐인 아들은 공부를 잘 하는 편이 아니다. 그냥 평범한 수준이다. 상위권 대학에 가는 것이 삶의 목적은 아니라고 생각하기 때문에 그리 걱정은 하지 않지만 사실 아주 가끔 불안할 때가 있긴 하다. 하지만 아내는 교육에 대한 철학이 있고 절대로 아이를 윽박지르지 않는다. 공부하라고 채근하는 모습을 본 적이 없다.

그러던 어느 날, 아내가 아들과 친구들을 그룹으로 묶어 기타 과외를 시키겠다고 했다. 그전에도 이런저런 예체능을 배우다가 그만둔 적이 있어서 이번에도 시큰둥하게 듣고 말았다. 그런데 기타는 조금 달랐다. 예상대로 친구들이 하나둘씩 떨어져 나가더니 아들 혼자 남았다. 아들은 혼자서라도 배우겠다고 했다.

게임을 하는 시간보다 기타 동영상을 보는 시간이 점점 더 늘었다. 어느 날 아들이 기타를 치는데 손가락의 움직임이 보이지 않을 정도로 현란하게 연주하는 걸 보고 깜짝 놀랐다. 아내가 심각한 표정으로 말을 꺼냈다. 기타를 가르치는 선생님이 수백 명을 가르쳤지만 기타를 전공으로 권한 적이 없는데 우리 아들은 다르다고 했다는 것이다. 그 말만 들었다면 기타 선생님이 다른 뜻이 있어서가 아닌가 생각했을 것이다. 하지만 아들의 한 마디가 내 생각을 바꾸어놓았다.

"기타만 치고 아무것도 모르는 무식한 사람이란 소린 듣기 싫어요. 공부도 더 열심히 할 거예요."

직장 상사에게 키보드 연주법을 배운 적이 있다. 연주라기보다는 아주 쉬운 코드를 반복하는 스킬을 배운 것에 지나지 않았다. 하지만 나는 그 코드를 되짚어가며 한두 시간 동안 몰입해서 연주 비슷한 흉내를 낼 수 있었다. 그 짧은 시간이 준 경험은 강렬했다. 만일 집에 키보드가 있다면 제대로 한번 배워볼까 하는 생각이 들 정도였다. 다행히(?) 그 몰입의 경험은 그날 하루로 끝났지만 유독 오래 유지하는 스몰 스텝 중 하나가 '음악 듣기'라는 것이 아들의 모습을 보면서 떠올랐다. 어쩌면 아들의 몸에는 '음악'에 관한 DNA가 흐르고 있을지도 모를 일이다. 다른 것보다 음악을 통해 에너지를 얻는 사람이라는 말이기도 하다. 결국 아들에게 전자기타까지 사주었고 아내는 예고는 물론 버클리 음대 입학에 관한 정보까지 찾아보기 시작했다. 이제 아들은 선생님의 실력을 넘어서고 있는 중이다. 예고 입학도 문제지만 버클리라니. 언감생심 꿈도 꾸지 못했던 길의 초입에 들어선 것 같아 정신이 번쩍 들곤 한다.

좋아하는 일을 한다는 것

아들이 대단한 기타리스트가 될 거라는 기대는 하지 않는다. 다만 아들이 음악을 통해 발견한 '드라이빙 포스'를 잘 발전시키기를 바랄 뿐이다. 농구를 좋아한다고 해서 농구 선수가 돼야 하는 것도 아니고, 그림 그리기를 좋아한다고 모두 다 화가가 될 필요도 없다. 하지만 한 사람에게 그런 취미나 장점이 있다는 것은 얼마나 큰 에너지를 주는 일인가. 무심코 피아노를 두드리는 직장 동료의 모습을 보면 평소 일할 때와 다른 포스가 느껴지곤 했다. 근무 후에 밴드 연주를 한다는 광고 전문가의 이야기를 듣고는 존경심이 더 깊어졌다. 수십 년의 직장생활 끝에 이제는 매일 그림을 그리며 강의를 하러 다니는 1인 기업가의 삶은 나의 롤모델이기도 하다. 그림 자체가 아니라 그렇게 자신이 좋아하는 일을 하나씩 발견하며 그것을 일로 연결해가는 삶의 방식이 매력적이다.

아들이 예고에 진학할 수 있을지도 불투명하고 버클리에 가기는 더욱 어려울 것이다. 하지만 아들은 자신을 이끄는 힘이 무엇인지를 스스로 찾아냈고 누가 시키지 않아도 그것을 매일 반복해서 연습해왔다. 부모인 우리가 할 일은 그저 기타를 사주고 선생님을 소개시켜주는 것으로 충분했다. 아들은 나름의 방법으로 스몰 스텝을 실천하며 구체적인 결과를 만들어내고 있었던 것이다.

아들을 행복하게 만드는 건 기타다. 나를 행복하게 만드는 건 글쓰기다. 아내와 딸에게도 그와 비슷한 '무언가'가 있음을 나는 잘 알고 있고 유심히 지켜보고 있다. 이 글을 읽는 당신에게도 분명히 있을 것이다. 그것을 찾아낸다고 해서 삶에 혁명적인 변화가 있는 것은 아니다. 그러나 한 가지만큼은 분명히 말할 수 있다. 그것을 찾은 당신이 행복하리라는 것, 그리고 그 행복이 다른 이에게도 전해질 거라는 것. '자기답게' 살아가는 사람들은 눈에 띄게 마련이고 언젠가는 누군가 그 삶의 비밀을 물어올 것이다. 그것을 찾아내는 것이 우선이긴 하지만 말이다.

점과 점을 잇는 삶의 방식

자의 반 타의 반으로 혼자 일하게 되었다. 무얼 하며 먹고 살아야 할지 걱정을 하고 있는데 떠오르는 사람이 있었다. 내 강의를 듣고 직접 찾아와 브랜드 스토리를 정리해달라고 요청한 조그마한 화장품 회사의 대표였다. 인사도 할 겸 찾아가겠다고 했더니 흔쾌히 오라고 하셨다. 그리고 그날 그 회사의 직원들과 함께 브랜드에 대해 공부하기로 했다. 그후 두 달간 진지하게 공부하고 토론했다. 그리고 그 내용을 바탕으로 작은 책자를 만들어 고객들에게 배송했다.

그 시간이 즐거웠고 보람 있었다. 신뢰를 바탕으로 일을 한다는 것이 어떤 것인지 배울 수 있었다. 그리고 그것으로 나의 책임을 다했다고 생각했을 무렵이었다. 대표가 자신의 지인들에게 나를 소개하기 시작했다. 그렇게 1년 가까이 소개가 또 다른 소개를 부르는 일이 이어졌다. 비로소 이 시장이 돌아가는 방식을 이해할 수 있었다. 눈에 보이지 않는 연결고리의 아주 작은 부분을 직접 눈으로 확인한 기분이었다.

세상은 연결되어 있다

신뢰가 중요하다는 사실은 알고 있었다. 하지만 머리로만 알고 있었다. 혼자 일하게 되면서 세상이 움직이는 방식을 배워갔다. 세상은 '연결'되어 있었다. 하나의 작은 일은 곧바로 다른 일과 사람에게 영향을 주었다. 예를 들어 내가 최선을 다하지 않거나 약속을 지키지 않으면 그 일은 다른 일과 사람을 불러오지 못한다. 물결을 일으키지 못한다. 하지만 아무리 작은 일이라도 최선을 다할 때 그 일은 또 다른 파동을 만들어낸다. 그 사람과 그 일로 인해 또 다른 일들이 이어진다. 세상의 모든 일은 이런 파동을 통해 사람들에게 전달되고 있었다. 물론 그것은 어마어마한 책임을 부른다. 아무리 작은 일이라도 소홀할 수 없고, 아무리 사소한 관계라도 조심스럽다. 그래서 가능하면 어떤 일이나 사람에게든 최선을 다하려고 한다. 그런데 이러한 파동은 일과 사람에게만 국한되지 않는다.

예를 들면 이렇다. 아주 작은 스몰 스텝 하나가 다른 스몰 스텝을 부른다. 영어 단어 5개 외우기는 TED 동영상과 자막 없이 영화 보기로 이어졌고, 일어 단어 외우기와 우리말 학습으로 이어졌다. 시험 점수를 올리기 위해 공부하는 게 아닐 때, 언어를 공부하는 것의 유익은 생각보다 크다. 다른 나라 사람의 언어로 정서까지 읽을 수 있다면 단순히 말이 느는 것이 아니라 그 나라의 정서와 문화까지 이해하는 것이 된다.

사람은 그가 쓰는 '언어'의 영역만큼 '사고'할 수 있다는 말이 있다. 자막 없이 영화를 보면서 주인공과 더 깊은 교감을 나누게 되었다. 이전에는 그냥 지나쳤던 것들이 보이고 그만큼 생각의 폭도 넓어졌다. 나에게 영어 단어 외우기는 외국어 공부의 유용함을 넘어선다. 왜일까. 가만히 생각해보면 시작이 작았기 때문이다. 시작이 작았기에 그 유용함을 쉽게 느꼈고 그다음 단계로 나아갈 수 있었다.

"우리는 현재의 일(사건)들을 미래와 연결 지을 수 없습니다. 오직 과거와 연결 지을 수 있을 뿐입니다. 하지만 여러분은 현재의 일(사건)들이 미래에 어떤 식으로든 서로 연결될 거라고 믿어야 합니다. 자신의 배짱, 운명, 삶, 카르마(업) 등 무엇에든 확신이 있어야 합니다. 이런 접근법은 나를 결코 낙담시키지 않았고, 내 인생의 모든 변화를 만들어냈습니다."

스티브 잡스가 스탠포드대 졸업식에서 했던 연설 중의 한 대목이다. 스티브 잡스는 한 가지의 일, 그러니까 자신이 입양되었다거나 대학에서 서체 과목을 도강한 일, 애플에서 쫓겨난 일 같은 아픈 경험들이 오히려 더 나은 결과로 이어졌음을 '점을 잇는 것'(Conneting the Dots)으로 설명한다.

스티브 잡스처럼 힘든 경험을 하는 사람은 많다. 그러나 그 점들을 이어 새로운 결과를 만들어내는 사람들은 그렇게 많지 않다. 어렵고 힘들고 무의미해 보이는 것들을 이어갈 때 평범해 보이는 것들(Anything)이 특별한 무엇(Something)이 된다. 아주 작은 일들이 주는 즐거움과 성취를 아는 사람들이 결국엔 대단한 성취를 만들어낸다. 남들이 알아주는 대단한 성취가 아니라 해도 그 사람은 그 누구의 삶이 아닌 자신의 삶을 비로소 살아갈 수 있게 된다.

스티브 잡스가 말하고 싶었던 연설의 요지는 아마도 이런 것이었으리라. 현재의 모든 일들이 미래와 연결되어 있기에 오늘 이 순간에 최선을 다해야 한다는 것. 나는 그것이 스몰 스텝 안에 숨은 의미라고 생각한다. 많은 이들이 같은 방법으로 이러한 깨달음을 얻었다는 것을 여러 책과 사람들의 고백을 통해 확인할 수 있었다. 그러나 사실 그들의 경험은 중요하지 않다. 나의 변화가 중요하다. 내가 그 말을 확인하고 확신하는 것이 중요하다. 그런 의미에서 스몰 스텝을 지속해온 지난 3년의 경험은 더없이 중요하고 나눌 만한 것이라고 생각한다.

진짜 살아있는 삶

'점을 잇는 삶'은 대단한 것이 아니다. 오늘 당장 내 마음을 끄는, 좋아하는 일에 최소한의 시간을 내는 것이다. 내게 주어진

아주 작은 일과 사람들에 집중하는 것이다. 그것이 어디로 연결될지는 알 수 없지만, 그 일과 사람에 집중하면 변화와 진보가 시작된다. 그리고 결국엔 깨닫게 된다. 그 경험이 또 다른 경험을, 그 사람이 또 다른 사람을, 그 도전이 또 다른 결과로 이어진다는 것을. 나는 그것이 진짜 '살아있는 것'이라고 믿는다. 그 여정의 끝이 어디로 이어질지는 아무도 알 수 없지만 말이다.

모든 스몰 스텝은 연결되어 있다

시작은 미약했다. 아직 괜찮은 미래를 본 것도 아니다. 하지만 나는 스몰 스텝이라는 말을 들을 때마다 가슴이 뛴다. 놀라운 가능성을 간직한 씨앗처럼 그 미래를 기대하게 된다. 오늘 시작한 이 작은 시도와 도전이 어떤 결과를 만들어낼까. 지금까지의 변화도 이만큼 놀라운데 다음 5년, 그리고 10년은 또 얼마나 달라질까. 그런 기대를 할 때마다 게을러지려는 나를 다잡고 세 줄 일기를 쓰고, 플래너를 기록하고, 글을 쓰고, 강연을 한다.

스몰 스텝을 얘기할 때만큼은 다른 사람이 된다. 그것이 얼마나 좋은지 경험했기 때문이다. 그로 인한 변화를 알고 있기 때문이다. 무기력과 패배감에 빠져 있던 지난날의 나를 알고 있기 때문이고, 정말로 많은 이들이 비슷한 경험으로 고통받고 있음을 알고 있기 때문이다. 나는 적어도 나보다는 대단한 그들에게 '전혀 다른 삶'이 가능하다는 말을 전하고 싶어서 펜을 들었다. 그렇게 변화를 경험하는 사람들이 많아지는 만큼 이 세상의 색깔은 다채로워지고 선명해질 것이다. 그런 기대가 나로 하여금 사소한 경험들을 글로 남기고 전할 수 있는 용기를 주었다.

스몰 스텝, 인생의 주인이 되는 프로젝트

'변화'를 말하는 책들은 수도 없이 많다. 도움이 되었지만 일시적이었다. 고민해보니 그 이유를 알 수 있었다. 그것은 '그들의 성공이자 행복'이었기 때문이다. 그곳에 다다르는 길이 너무 복잡하고 멀어 보였다. 나 같은 평범한 사람들의 박약한 의지를 이해하지 못하는 '특별한' 사람들의 경험이었기에 '남의 일'로만 보였다. 대단해 보였지만 내가 그렇게 바뀔 수 있다고는 생각지 않았다.

하지만 스몰 스텝은 달랐다. 누구라도 할 수 있을 만큼 작은 도전이었기에 시작할 수 있었다. 내가 좋아하는 일들과 연결해 주었기에 지치지 않을 수 있었다. 무엇보다 내가 그 변화의 '주인'이 될 수 있게 해주었기에 지속할 수 있었다. 스몰 스텝의 목록들은 내가 선택했고 결정한 것들이었다. 누군가와 비교하거나 경쟁하지 않아도 되었다. 내 마음을 끄는 것들이 무엇인지 관찰하는 과정을 통해 내게 힘을 주는 것을 구별할 수 있었다. 그리고 그 과정을 통해 가장 '나다운' 삶이 어떤 것인지 하나씩 깨달을 수 있었다.

2년 이상 싫증내지 않고 지속하는 스몰 스텝들이 있다. 그것이 당장의 놀라운 변화나 엄청난 결과를 만들어낸 건 아니지만 나 자신을 향한 '믿음'을 주었다. 그 믿음이 작은 '성취'들을 불러왔고 그것이 내 삶과 내 일에 영향을 주기 시작했다. 좌절할 때도 많았지만 이전보다 더 빨리 일어설 수 있었다. 스몰 스텝의 강점은 간단하다. 작고 쉽다는 것, 자신을 이끄는 힘을 발견할 수 있다는 것, 그리고 지속가능한 실천을 통해 작지만 실제적인 변화들을 이끌어낸다는 것.

어제는 지브리의 애니메이션을 보다가 무심코 히라가나를 읽는 내 모습을 보고 내심 대견했다. 일어 학원을 다닌 게 아니다.

매일 2분간 히라가나 외우기를 반복한 것뿐이다. 한자의 정확한 뜻도 모른 채 일어 단어 외우기를 반복했다. 이 작은 습관을 계속 이어가다 보면 언젠가는 TED 동영상을 원어로 보듯, 좋아하는 애니메이션을 자막 없이 볼 날이 올 것이다. 그것이 내 일과 삶에 어떤 영향을 끼칠지는 모르겠다. 그러나 한 가지는 확신한다. 나는 지금 가장 나다운 방법을 선택하며 살고 있다는 것이다.

삶의 방식을 선택하자

예전에는 세상 모든 일이 거대한 도전의 결과로 만들어지는 줄 알았다. 우리가 범접할 수 없는 대단한 사람들이 세상을 바꾸고 있다고 생각했다. 하지만 스몰 스텝을 반복하고 아주 작은 일에 최선을 다하는 사람들이 있다는 사실을 발견하면서 새로운 기준을 세우게 되었다.

축구를 한다고 해서 모두 차범근이 될 수 없는 법이고, 영화를 좋아한다고 해서 누구나 박찬욱 감독이 되지는 않는다. 하지만 뭐 어떤가. 동네 조기축구회라도 자신이 좋아하는 것에 몰입하는 그 순간을 누리는 삶은 행복하고 위대하다. 자신이 좋아하는 영화를 매일 챙겨 보며 블로그에 글을 쓰는 것도 충분히 즐겁고 의미 있는 삶이다. 자신의 삶에 있는 사소함의 비밀을 아는 사람들은 다른 사람과 자신을 비교하지 않는다. 자신의 삶의 방식을 발견한 사람들은 삶 자체를 즐긴다. 때로는 비슷한 처지의 수많은 사람들에게 위로와 용기를 주기도 한다. 그리고 이제 시대는, 그렇게 작지만 개성 넘치는 성취를 해내는 사람들에게 초점을 맞추고 있다. 초라한 것이 초라한 것이 아니다. 작은 것이 작은 것이 아니다. 자신만의 철학을 따라 사는 사람이 매력적인 사람이다. 우리는 이런 메시지에 귀를 기울이는 시대를 살고 있다.

나도 그렇다. 나는 정말로 이 시대의 평범한 40대 가장으로 살고 있다. 물려받은 재산도, 대단한 스펙도, 미래를 약속할 수 있는 그 어떤 보장도 없다. 하지만 지난 3년간 축적해온 변화로부터 한 가지 확실한 약속을 받았다. 어제의 나보다 오늘의 내가 더 나아졌다는 경험으로부터 오는 확신, 그리고 내일의 나는 더 나아질 거라는 확신으로부터 오는 기대, 그것이 스몰 스텝의 실천이 내게 준 가장 큰 선물이자 희망이다.

이제 내가 해야 할 일은 그러한 확신을 또 다른 작은 경험들로 다져가는 것, 그 경험들을 더 많은 사람들과 공유하는 것, 그런 변화를 만들어가는 사람들을 찾아내 비슷한 처지의 사람들에게 알리며 용기를 주는 것, 바로 그것이다. 나는 그것이 가장 '나답게' 살아가는 방법이라고 확신한다.

Tip 7.

스몰 스텝 시작을 위한 필독서 8

1. 『아주 작은 반복의 힘』

스몰 스텝의 시작이 되어준 책이다. 스몰 스텝이란 말도 이 책에서 가져왔다. UCLA 의대 교수인 로버트 마우어는 22년간 매번 실패와 좌절을 경험하는 사람들에게 너무 작아서, 너무 쉬워서 누구나 할 수 있는 도전을 제안한다. 이 책은 그런 변화를 실제로 경험한 사람들의 생생한 사례들로 가득하다. 매일 반복하는 아주 작은 시도들이 한 사람의 삶을 어떻게 바꾸어가는지를 밀도 있게 담은 책이다.

2. 『타이탄의 도구들』

이 책을 보고 놀랐다. 이미 성공한, 행복한 삶을 살아가는 많은 이들은 이미 스몰 스텝을 실천하는 사람들이었다. 저자인 팀 페리스 자신이 경험했고, 자신의 팟캐스트를 통해 만난 수많은 거인들이 이미 그런 삶을 살고 있었다. 매일 실천하는 사소하고 작은 습관들이 어떻게 그들의 삶을 바꿔왔는지 다양한 사례를 통해 증명한다. 타이탄(거인)의 도구는 다름 아닌 스몰 스텝이기도 하다.

3.『파이브』

기업 컨설팅 전문가인 저자는 어떻게 하면 좀 더 행복하고 건강한, 의미 있는 삶을 살 수 있을지를 고민했다. 그리고 그 내용을 소책자로 만들어 스타벅스에 비치했고 결국 책으로 출간되어 베스트셀러가 되었다. 이 책의 핵심 메시지는 변화하고 싶으면 실천하라는 것이다. 아주 구체적인 실천 방법을 쪼개고, 쪼개고, 또 쪼갤 것을 요구한다. 당장 실천할 수 있는 조그마한 조각들로 만들어가는 스몰 스텝을 제안한다.

4.『리추얼』

이 책이 말하는 리추얼이란 삶에 에너지를 불어넣는 반복적 행위를 말한다. 토머스 홉스에서 무라카미 하루키까지 지난 400년간 위대한 창조자로 불린 161명의 작은 습관들을 꼼꼼히 기록하고 있다. 너무 사소해서 허탈해 보이기까지 하는 삶의 반복되는 패턴들이 놀라운 성과와 업적을 만들어냈음을 증명하는 책이다. 삶의 주체로 일상을 살아가는 이들의 지혜는 크고 대단한 것이 아니었다. 매일 정해진 시간에 커피를 마시고, 글을 쓰고, 수영을 하고, 달리는 일이었다.

5. 『자존감의 여섯 기둥』

스몰 스텝은 결국 무너진 우리의 '자존감'을 세워가는 과정이다. 아주 작은 성공과 성취의 경험을 통해 가장 나다운 모습이 무엇인지를 확인해가는 여정이다. 자존감에 관한 한 최고의 전문가인 저자는 그 방법으로 세 줄 일기와 비슷한 글쓰기 방법을 제안한다. 언제나 진리는 단순하고 실천은 간단한 법이다. 도전과 실천 없이 무언가를 이룰 방법은 없다. 그러나 그 실천이 반드시 대단하고 크고 어려워야 할 이유도 없다.

6. 『나는 고작 한 번 해봤을 뿐이다』

자존감에 관한 최고의 다큐 한 편을 꼽자면 김민태 PD의 〈아이의 사생활〉이다. 그가 이 다큐를 만들어낸 과정에도 결국엔 스몰 스텝이 숨어있다. 그가 내린 아주 작은 결정 하나가 어떤 결과를 만들어냈는지를 상세하게 풀어낸 책이다. 삶의 변화는 저절로 일어나지 않는다. 그러나 그런 변화는 언제나 사소한 결심에서 시작된다. 한 사람이 가장 자기다워지는 과정은 그 결심을, 실천을, 경험을, 도전을 이어나가는 과정이다.

7.『자기다움』

나의 전 직장 대표이자, 우리나라에 '브랜드'란 개념을 처음으로 소개한 권민 대표의 책이다. 모든 차별화된 브랜드의 핵심에 '자기다움'이 있음을 말하는 이 책은 제품이나 서비스가 아닌 한 사람이 '자기다워지는' 과정을 오랜 경험과 고민을 바탕으로 꼼꼼히 서술하고 있다. 이 책의 편집 과정을 함께하며 자기다움에 대한 이해가 더욱 깊어졌다. 자기다움은 어쩌면 이 시대에 가장 필요한 소양일지도 모른다.

8. 『와튼스쿨 인생학 강의, 첫 번째 질문』

톱클래스 수준의 경영대학인 MBA 와튼스쿨에서 가장 인기 있는 강의는 무엇일까? 그중 하나가 바로 리처드 셸 교수가 개설한 '인생학 강의'다. 저자는 '어떤 삶을 살아야 하는가'에 대한 답을 찾기 위해 한국의 절을 찾아 구도 생활을 하기도 했다. 40년간 이 질문의 답을 찾아가는 그의 행보를 좇다보면 문득 이런 생각이 든다. 나는 그 답을 찾기 위해 지금 무엇을 하고 있는가. 단순한 강의를 넘어선 생생한 체험의 기록이라 더욱 값지다.

에필로그

평범하지만 특별한,
작지만
작지 않은 이야기

좋은 글이란 어떤 글일까? 쉽게 읽히고, 공감할 수 있는 글이라 생각한다. 경험을 담은 솔직한 글이라고 생각한다. 쓰는 이 자신이 먼저 변화된 글이라고 생각한다. 그 기준에 맞는 글이라야만 종이의 값어치를 할 수 있다고 생각한다. 그래서 내가 쓴 글을 다시 읽는다. 거짓을 말하진 않았는지, 내가 실천한 내용을 담은 것이 맞는지, 감정에 치우쳐 책임질 수 없는 교훈으로 흐르지 않았는지. 다시 읽고 고쳐 쓰기를 반복한다. 가벼운 글이 되기를 바랐다. 누구나 공감할 수 있는 내용이기를 바랐다. '너도 하는데 나도'라는 용기를 줄 수 있는 글이기를 바랐다.

이것은 '평범한' 사람의 이야기다.

스몰 스텝은 그렇게 평범한 사람이 나름대로 익힌 '비범한' 삶의 방식이다. 순간순간, 매일매일, 마음의 소리를 따라 최선을 다해 뚜벅뚜벅 걸어가는 삶이다. 속도는 느리고 하루 종일 걸어도 거기가 거기인 것만 같다. 그래서 누군가의 눈에 쉬이 띄지 않는다. 화려한 레드카펫도 폭죽도 없이 그렇게 조용히 걸어가는 길이다. 그러나 나는 알고 있다. 자기 인생에 만족하고 행복을 누리는 사람들이 걸어간 길이고 살아온 방식이라는 것을 말이다.

나는 내가 좋아하는 것을 하면서 살고 싶었다. 내가 행복한 하루를 보내고 싶었다. 그래서 그것들을 목록으로 정리하고 매일 실천하기 시작했다. 하지만 욕심을 내지 않았다. 그저 묵묵히 마음의 소리를 따라 실천하고 기록하고 리뷰했다. 그리고 그 내용을 있는 그대로 글로 쓰고 때로는 강의도 했다. 그런데 이상한 일이 벌어졌다. 이 '평범한' 이야기에 사람들이 귀를 기울여준 것이다. SNS에 좋아요와 댓글과 공유가 이어졌고, 강의를 하면 사람들의 눈이 반짝였다. 비록 누군가의 눈에 띄지 않을 만큼 조용한 반응이었지만, 그 덕분에 나는 지치지 않고 가던 길을 계속해서 갈 수 있었다. 나는 그것을 스몰 스텝이라 부른다.

이 책을 읽는다고 해서 대단한 변화가 일어나지는 않을 것이다. 나는 이 책 어디에서도 그런 약속을 한 일이 없다. 그러나 이 글을 쓰는 지금의 나는 스몰 스텝을 몰랐던 3년 전과는 확실히 달라졌다. 다른 누군가와 비교하지 않게 되었고, 내가 잘할 수 있는 일들로 인정받고 있으며, 그런 경험들을 점점 더 많은 이들과 공유하고 있기 때문이다. 그래서 더 행복해졌고 '이전과 다른 의미에서' 성공한 삶을 살고 있다. 무엇보다 그렇게 살고 있는 사람들을 날마다 더 많이, 더 자주 만나고 있다.

스몰 스텝은 말 그대로 그런 삶을 가능케 하는 아주 작고 가벼운 발걸음에 대한 제안이다. 하루에 단 10분만 당신이 좋아하고, 당신의 마음을 끄는 일에 투자를 해보라는 제안이다. 너무나 많은 사람들이 그렇게 살지 못하고 있다. 신기루 같은 비범함을 좇다가 평범한 하루의 소중함을 놓치고, 타인의 기대와 바람을 따라 살다가 '자기다운' 삶을 희생하고 있다. 스몰 스텝은 자기다운 삶을 가능케 하는, 매일 반복할 수 있는 실천의 방법이자 제안이다. 나는 그런 삶을 살았고, 그 유익을 경험했고, 이제 타인에게도 그 삶을 권하고 싶은 마음에 이 책을 썼다.

우리는 모두 다르게 태어났다. 다른 환경에서 다른 사람들을 만나 다른 길을 걸어왔다. 그래서 '나다운' 삶에는 정해진 답이 없다. 가장 자기다운 삶의 길은 오직 자신만이 찾을 수 있고 살아갈 수 있다. 그것이 진짜 인생이 아니겠는가. 누군가와 비교하지 않고도 당당할 수 있는, 오직 자신만의 방식으로 인생을 살아내는 것이 진짜 '정답'이 아니겠는가. 성공과 행복은 눈에 보이는 사회의 인정이나 대중적인 인기, 명예나 부로 드러날 수도 있다. 하지만 그것과는 전혀 다른 풍성한 관계와 행복한 일상으로 나타날 수도 있다. 중요한 것은 '한 가지'다. 그 삶이 그토록 자신이 바라던 삶인가의 여부다.

스몰 스텝은 한 마디로 '자기다운' 삶의 방식을 찾기 위한 솔루션이다. 너무 쉽고 간단해서 외면받던 방법이다. 그러나 이미 자신의 삶에서 행복을 찾은 사람들이 걸어간, 실천한 방법이다.

이 책이 공공연한 비밀로 여겨졌던 진실에 눈뜨게 하고 실천으로 이끌 수 있기를 바란다. 그래서 저마다의 방법으로 당당하게 살아가는 사람들이 더 많아지기를 바란다. 그 사람들 때문에 이 세상이 조금 더 살 만한 곳이 될 수 있다면 더 바랄 것이 없겠다. 그러면 나는 그들의 삶을 글로 옮겨 더 많은 사람들에게 전파할 것이다. 그것이 바로 가장 '나다운' 삶이기 때문이다. 그것이 내가 만난 스몰 스텝의 실제적이고 구체적인 유익이기 때문이다. 부디 당신도 그렇게 살기를. 누구의 기준도 기대도 아닌, 자신이 그토록 바라던 하루를 살아갈 수 있기를. 그래서 당신으로 인해 더 많은 사람들이 행복해지기를 바랄 뿐이다.